KB121181

로크미디어가
유혹하는
재미있는 세상

이것이 법이다

이것이 법이다 159

2023년 5월 10일 초판 1쇄 인쇄
2023년 5월 15일 초판 1쇄 발행

지은이 자카예프
발행인 강준규

기획 이기헌 왕소현 박경무 강민구 조익현
책임편집 최전경
마케팅지원 이원선

발행처 (주)로크미디어
출판등록 2003년 3월 24일
주소 서울시 마포구 마포대로 45 일진빌딩 6층
Tel (02)3273-5135 Fax (02)3273-5134
홈페이지 rokmedia.com E-mail rokmedia@empas.com

ⓒ 자카예프, 2015

값 9,000원

ISBN 979-11-408-0293-7 (159권)
ISBN 979-11-255-9575-5 04810 (세트)

이것이 법이다

159

자카예프 장편소설

로크미디어

CONTENTS

쓰레기 산의 진실   7

자리가 바뀌면 법이 바뀐다   41

쓰레기가 좀 더 나은 듯?   77

새 술은 새 포대에   127

거짓에는 거짓으로   153

통제란 오만이다   195

새로운 시작   235

일단은 아구창부터   269

쓰레기 산의 진실

"이건 말도 안 됩니다. 저는 피해자라고요!"

남자는 흥분해서 방방 뛰었다. 그런 그를 바라보며 노형진도 고개를 끄덕거렸다.

"말이 안 되죠. 하지만 법이 그렇습니다."

"아니, 그 땅값이 5억입니다. 그런데 쓰레기를 치우는 데 13억이래요. 이게 말이 되느냐고요."

"말도 안 되죠."

"더 웃긴 건 저보고 치우랍니다, 저보고!"

남자는 너무 흥분한 나머지 거의 미칠 것만 같은 모습이었다.

"아니, 상식적으로 말입니다, 제가 잘못한 게 있습니까? 잘못한 게 있느냐고요!"

"없죠."

"제가 지은 죄라고는 그냥 땅 조금 가지고 있다는 것뿐입니다. 그것도 아무것도 키울 수 없는 맹지요. 그런데 그거 때문에 이런 꼴을 당해야 합니까?"

"당하면 안 되죠."

"그런데 죄다 방법이 없답니다."

"법이 그러니까요."

노형진은 안타깝다는 듯 말했다.

남자는 한바탕 화를 냈음에도 좀체 분노가 가시지 않는지, 갑갑한 얼굴로 노형진에게 재차 물었다.

그는 오늘 노형진에게 찾아온 의뢰인이었는데, 자신의 땅에서 일어난 문제가 도무지 이해할 수 없는 듯했다.

"이게 말이 됩니까?"

"말이 안 되죠."

"와, 미치겠네, 진짜."

남자는 갈증이 나는지 눈앞에 있는 냉수를 벌컥벌컥 마셨다.

노형진은 그런 그를 다독이며 상담을 진행하기 위해 입을 열었다.

"자 자, 김경도 씨. 진정하시고. 이 문제는 쉽게 해결하기 힘듭니다."

"알아요. 다른 곳에서도 방법이 없다고 하니까 여기까지 온 거 아닙니까?"

"그 후로 정부에서는 연락이 없나요?"

"없죠. 그냥 막무가내예요."

노형진은 그 말에 고개를 끄덕거렸다.

'뭐, 공무원 새끼들이 그렇지.'

안다. 이런 상황에서 공무원들이 어떤 식으로 움직이는지.

"솔직히 말씀드리죠. 이 문제는 법적으로 해결하시려고 하면 못 이깁니다."

"네? 진짭니까?"

"다른 변호사들이 답이 없다고 한 데에는 그만한 이유가 있는 겁니다."

아무리 노력한다고 해도 대부분의 변호사들은 법의 영역 내에서 다툴 수밖에 없다. 그렇다 보니 그 외적인 부분에는 절대로 손대지 않으려고 한다.

위험하고, 또 귀찮기도 하니까.

"이걸 해결하기 위해서는 법적인 싸움이 아닌 다른 방식을 찾아야 합니다. 다만 그 경우는 위험할 수도 있습니다."

"위험……."

그 말에 김경도는 움찔했다.

"사실 이런 사건은 대부분, 아니, 100% 조직폭력배가 연관되어 있습니다."

"조폭이요?"

"네. 애석하게도 그렇습니다."

사람들은 조폭이라고 하면 술집이나 좀 운영하고 양아치 짓이나 하는 놈들로 생각한다.

하지만 의외로 현재 그런 놈들은 드물다.

그 대신에 지금처럼 조용히 범죄를 저지르고 도주하는 방식을 선택한다.

"확인해 봐야겠지만 이 사건을 저지른 놈들도 아마 조폭일 겁니다."

사건은 간단했다.

김경도에게는 땅이 있다. 그곳은 농사를 지어야 하는 농토도 아니고 단순히 물려받은 땅이었기에 관리도 그리 필요하지 않았다.

그런데 어느 날 갑자기 거기에 있는 쓰레기들을 치우라는 명령서가 날아왔다.

놀란 김경도가 다급하게 땅으로 가 보니 쓰레기들이 수 미터씩 쌓여 있었다.

그가 모르는 사이에 누군가가 거기에 쓰레기를 투기한 것이다.

이것만으로도 어이가 없는데, 더 어이가 없는 건 현행법상 자기 땅에 있는 쓰레기는 땅 주인이 치워야 한다는 것이었다.

물론 그 법은 땅 주인이 쓰레기를 무단 투기하는 문제를 막기 위한 것이니 이런 문제가 생길 수밖에 없었다.

그 법이 만들어질 때만 해도 남의 땅에 쓰레기를 투기하는 일은 드물었고, 설사 있다고 해도 그 양이 많지 않았기 때문이다.

그러니 짜증이 나도 땅 주인이 한번 고생하면 깔끔하게 정리되는 수준이었다.

'하지만 법은 너무 느리게 발전하지.'

그 법의 맹점을 이용해서, 쓰레기를 버리는 업자들이 쓰레기를 남의 땅에 무단으로 투기하기 시작한 것이다.

때로는 다른 목적으로 땅을 빌린 후 쓰레기를 버리기도 하고, 관리가 안 되는 땅에는 이번처럼 몰래 가져다 버리기도 한다.

그런 식으로 누군가가 쓰레기를 버리고 도주하면 땅 주인은 망하는 거다.

정부에서는 법대로 '네가 치워.'를 시전하는데, 애초에 쓰레기 처리 비용이 수십억이다.

땅을 팔아도 그걸 감당을 못하는 것이다.

그런데 그럴 경우 더 큰 문제가 발생한다.

주인이 쓰레기를 치우지 못할 경우 정부에서 직접 치워 주는데, 그 대신 구상권을 청구해 전 재산을 빼앗기 때문이다.

"말이 안 됩니다. 13억이라니. 그건 제 전 재산이라고요."

문제는 이런 일이 벌써 수십 년 동안 이루어지고 있다는 것이다.

정부는 그걸 알면서도 고칠 생각도 없고, 대책을 세우려고
하지도 않았다.

어차피 땅 주인만 손해를 감수하면 해결될 일이니까.

"하지만 솔직히 이건 위험을 감수하지 않으면 해결이 불가
능합니다."

노형진의 말에 김경도는 고개를 숙였다.

"진짜로 조폭일까요……."

"거의 100%라고 봐도 무방합니다."

"하아~."

그 말에 김경도는 얼굴을 문질렀다.

"이렇게 죽나 저렇게 죽나 죽는 건 마찬가지네요."

"현실적으로는 그렇지요."

"의뢰하겠습니다. 해결이 가능하다면요."

"좋습니다."

노형진은 그에게 손을 내밀었다.

"후회하지 않으실 겁니다."

$$♱$$

"13억이라……."

"그것도 최소치야. 아마 제대로 치우기 시작하면 14~15억
은 나오겠지."

엄청난 양의 쓰레기 산.

사진을 보면서 서세영은 눈을 찡그렸다.

"그러고 보니 이런 사건이 엄청 흔한 것 같은데?"

"매년 뉴스에 이 문제가 나오지."

"그런데 해결을 안 해?"

"이건 법을 고쳐야 하는 건데, 솔직히 국회의원들은 관심이 없거든."

매년 피해자들이 나오지만 그래 봐야 백 명 내외.

그들을 위해 법을 고칠 만큼 국회의원이라는 족속이 부지런한 인간들은 아니다.

"그거 말고 다른 이유도 있다네."

김성식은 서세영에게 쓰게 웃으며 말했다.

"이런 폐기물들은 대부분 산업폐기물이야. 즉, 기업 차원에서 나오는 거라는 거지. 당연히 기업 입장에서는 싸게 해결할 수 있는 방법을 찾을 거고⋯⋯."

"그게 이런 놈들이라는 거예요?"

"그래. 기업들도 모르지는 않아. 아주 잘 알지."

그리고 그 기업들이 주는 돈을 받기 위해 국회의원들은 모른 척하는 거다.

특정 사건이 언론에 나가기만 하면 늘 뭔 놈의 법을 만든다고 설레발치는 국회의원들이, 이 문제는 족히 수십 년간 터지고 있음에도 불구하고 침묵하는 데에는 다 이유가 있는

법.

"경찰에 신고하면 안 되나요?"

"경찰에 신고해도 소용없어. 이건 지자체 소관이거든."

경찰이 범죄를 잡아 주는 건 사실이지만 웃기게도 이런 범죄는 경찰 소관이 아니다, 지자체 소관이지.

정확하게는 특사경, 즉 특별 사법경찰이 운영해야 하는 부분이다.

특별 사법경찰이란 공무원인데 수사권을 가지는 경우를 말한다.

한국은 특정 분야에 특사경 제도를 운영해 공무원이 수사하고 처벌하도록 한다.

"그래. 그리고 실패한 정책이기도 하지. 그나마 성공한 부서는 국세청 정도일걸."

그렇게 말하며 김성식은 긴 한숨을 내쉬었다.

"네? 어째서요?"

"특사경은 경찰이 아니라 공무원이야. 그리고 공무원이 수사한다고 하면, 그 사람을 보호할 곳이 없어."

"아……."

이게 가장 큰 문제다.

국세청 같은 경우는 탈세하는 사람들이 대부분 개인이기에 조사해서 털어 낸다고 해도 보복당할 걱정을 덜해도 된다.

하지만 이런 범죄의 경우는 그 뒤에 폭력 조직이 있다. 그런데 만약 그들이 보복하려 한다면 과연 구청이나 시청에서 특사경을 보호할까?

그들이 해 줄 수 있는 건 경찰에 신고하는 정도가 끝이다.

"자기 보호 수단이 없는 조직에서 과연 누가 범죄와 끝까지 싸우려고 하겠나?"

그래서 현실적으로 특사경 제도는 거의 효과가 없다고 보고 있다.

그나마 성공한 국세청도 개인이 아닌 대형 기업 계열에는 손대지 못하는 게 현실이다.

그들에게 손대기 위해서는 정치권의 지원을 받아야 한다.

당연하게도 그게 쉬울 리가 없다.

"이것도 마찬가지야. 특사경이 김경도 씨가 피해자라는 걸 모를까?"

모를 리가 없다. 하지만 동시에 이 뒤에 위협이 되는 조직폭력배가 있다는 것도 알 것이다.

"그들이 조폭들과 싸우면서 과연 정의를 지키겠어?"

경찰들조차도 조폭들에게 겁먹고 호형호제하거나, 조폭이 사람을 두들겨 패거나 칼로 쑤시면 도망치는 판국이다.

하물며 어제만 해도 서류 작업을 하던 공무원에게 '너는 이제 특사경이니까 범인 좀 잡으러 다녀라.'라고 하면 과연 그가 적극적으로 임할까?

"뭐, 게임이나 만화 속의 '넌 이제 강해졌다. 돌격해!'도 아니고 말이야."

노형진은 쓰게 웃으며 말했다.

"그러다 보니 경찰에서는 자기 일이 아니라고 손 떼 버리지."

"뒤에 조폭이 있다며?"

"뒤에 조폭이 있지만 쓰레기 무단 투기는 처벌 규정이 없으니까."

기껏해야 5만 원짜리 경범죄 정도?

그러니 경찰은 모른 척하고, 지방자치단체는 조폭과 싸우기 싫으니까 땅 주인에게 독박을 씌우고 전 재산을 빼앗는 것으로 사건을 덮으려고 한다.

"그러면 이건 어떻게 해결해? 방법이 있어?"

노형진의 설명을 한참 듣던 서세영이 걱정스러운 표정으로 물었다.

그러자 김성식도 동감한다는 듯, 노형진을 쳐다보았다.

"솔직히 말해서 나도 궁금하군. 방법이 없을 것 같은데."

수십 년간 이 문제로 수많은 사람들이 고통받았지만 소송하는 족족 패배했고, 그래서 전 재산을 정부에 털려야 했다.

이제 와서 해결하는 건 불가능해 보였다.

그러나 노형진은 조금도 주눅 들지 않은 태도로 말했다.

"일단은 말입니다, 쓰레기를 버린 놈들을 찾아야지요."

"그게 가능하겠어?"

"그러니까 쓰레기를 뒤져 봐야지."

"뭐?"

"애초에 혼자서 싸우려고 하니까 못 이기는 거야. 저쪽은 정부야. 싸워 봐야 규모가 안 맞는다고."

더군다나 법도 저쪽에게 유리하게 되어 있는 상황에서 싸워 봐야 질 건 당연한 일.

"그러니까 이쪽도 덩치를 더 키워야지."

그리고 그러기 위해서는 쓰레기를 뒤져야 했다.

⚖️

"으윽, 냄새."

서세영은 코를 막았다. 지독한 냄새에 머리가 띵할 정도였다.

마스크를 쓰고 있지만, 그럼에도 불구하고 냄새를 막을 수는 없었다.

"어디 보자, 어망에 어구에. 흠, 확실히 바다에서 나온 쓰레기가 많네요."

"크흠…… 저기…… 노 변호사님, 꼭 이래야 합니까?"

노형진 역시 살짝 숨을 참는 목소리로 코맹맹이 소리를 냈다.

그러자 뒤에 있던 변호사 중 한 명이 왠지 꺼림칙한 목소리로 물었다.

"저희가 아니라 다른 사람을 사서 쓰는 게……."

"다른 사람들도 있잖아요?"

"아니, 그게 아니라 말입니다."

그 남자가 하고자 한 말은, 변호사인 우리가 굳이 이런 쓰레기를 뒤적거려야 하느냐는 것이었다.

"해야지요. 누차 말하지만 현장에서 직접 진실을 마주 보지 않으면 새론의 가치가 없는 겁니다."

"으음……."

"단순히 법전만 가지고 법원에서 말장난하고 싶으신 거라면 새론을 그만두시면 됩니다."

그런 변호사는 넘치고, 그런 변호사들을 위해 굳이 투자해 줄 이유는 없다.

"우리의 목적은 의뢰인을 위해 승리하는 것입니다. 그게 새론의 정신이고요. 더럽다고 싸우기 싫으시면, 그만두시면 됩니다."

그 말에 젊은 변호사는 눈치를 보며 슬슬 멀어져 갔다. 그러자 좀 떨어진 곳에 있던 김성식이 피식 웃으며 다가왔다.

"좀 좋게 말해 주지 그랬나."

"좋게 말한다고 상황이 달라지는 건 아니죠. 제가 돈이 없어서 변호사를 끌고 온 건 아니지 않습니까? 현장에서 뛰는 법을 보여 주기 위한 거지."

"그건 그렇지."

돈만 준다면 이곳을 뒤질 사람을 찾는 건 어렵지 않다. 물론 대다수가 거부할 수도 있지만, 그런 경우는 돈을 더 주면 된다.

"요즘 변호사라는 놈들이 점점 말장난만 하려고 해요."

"어쩌겠나. 솔직히 정의감만으로 직업을 선택한다면 변호사는 안 하지."

"그건 인정합니다. 그렇지만 돈 벌고 싶으면 발로 뛰어야지요."

그냥 말로 장난치다가 지면 '어쩔 수 없네요.'라는 말로 남의 인생을 박살 내는 놈들을, 노형진은 변호사라고 인정하고 싶지 않았다.

남의 인생을 짊어지고 있다면 최후까지 발악이라도 해 봐야 하지 않겠는가?

"그런데 오빠, 이 안에 뭐가 있긴 할까?"

"있을 거야. 생각보다 많을걸."

"어째서?"

"깨진 유리창 이론이라고 알지?"

"알지."

깨진 유리창 이론이란, 손상된 차량을 방치하면 그것 자체가 법과 질서가 지켜지지 않고 있다는 메시지로 해석되어 범죄 발생의 원인이 된다는 이론이다.

실제로 멀쩡한 차는 건드리지 않는 반면, 창문 하나를 깬 채로 방치한 차는 며칠이 지나자 모조리 뜯어 가서 남은 게 없었다는 실험 결과도 있었다.

"의외로 그런 깨진 유리창 이론이 실생활에서는 크게 작용하거든."

사람은 쓰레기가 쌓여 있지 않은 장소에 쓰레기를 버리기를 꺼린다.

하지만 이미 쓰레기가 쌓여 있다면? 거기에는 아무 생각 없이 쓰레기를 버린다.

"말이 산업폐기물이지 이 안에 온갖 물건이 다 있을 거야."

특정 장소를 확인할 수 있는 물건에서부터 개인 쓰레기나 영수증까지.

지나가면서 '어차피 버릴 물건이니까.'라는 생각으로 버리는 엄청난 숫자의 쓰레기들.

"우리는 그걸 찾아야지."

그러면 그 쓰레기가 어디에서부터 온 건지 특정할 수 있게 된다.

"그러니까 뭐든 찾아봐. 그게 뭐든 좋아. 영수증이든 아니면 박스든, 뭐든 찾아서 특정하면 거기서부터 사건이 시작되니까."

그 말에 변호사들은 긴 한숨을 내쉬면서 고무장갑을 끝까지 당겼다. 이제 쓰레기를 뒤질 시간이었다.

⚖

폐기물이라는 건 많은 곳에서 온다.

건설 현장, 아니면 버려진 쓰레기, 또는 버려진 어구 등등.

뒤적거리다 보니 거기에서 나오는 증거들은 생각보다 많았다.

바닷가에서 나온 어구류가 대략 40%, 건설 폐기물이 대략 40%, 나머지는 어느 항구로 의심되는 곳의 영수증과 버려진 택배 박스, 비닐 같은 일반 산업폐기물.

그래서 그 폐기물들이 어디서 왔는지 특정하는 건 어려운 일이 아니었다.

그런데 그중 어떤 물건에, 생각지도 못한 이름이 적혀 있었다.

"여기서 대룡이 왜 나와?"

대룡건설 소속의 쓰레기가 나왔다, 그것도 적지 않게.

"대룡에서 건설 폐기물을 이런 식으로 취급할 리가 없는데?"

김성식도 솔직히 당황할 수밖에 없었다.

물론 대룡 역시 대기업이고 수익을 위해 최선을 다한다는
건 안다. 하지만 대룡은 노형진과 함께 일하면서 이런 불법
적인 행동에 대해 극도로 꺼리게 되었다.

"불가능한 건 아니죠."

하지만 노형진은 그다지 놀랍지 않다는 투였다.

"대룡이라고 해도 처음부터 끝까지 모두 유 회장님이 컨트
롤할 수는 없지 않습니까?"

"그건 그렇지."

"그리고 건설업에서 장난치는 놈들이 넘쳐 나는 것은 딱히
비밀도 아니고요."

"으음…… 그건 그래."

아무리 위에서 컨트롤을 잘하려고 한다고 해도 건설업이
라는 것 자체가 부패한 지 워낙 오래된 상황이라 일선에서
부패한 사람들을 박멸하는 건 사실상 불가능했다.

"그리고 이런 폐기물은 사람들이 신경 쓰지 않기도 하고
요."

어차피 버려진 게 다시 돌아오진 않을 테니까.

"그건 그렇지. 하긴, 이런 경우는 흔하지."

소위 말하는 페이백, 즉 일을 주는 대가로 받은 돈의 일부
를 돌려주는 행위는 건설업에서는 거의 상식이나 마찬가지
다.

"이런 폐기물들을 버리는 비용이 절대로 싸지는 않으니까."

당연히 그런 폐기물들을 버리는 전문 업체가 있다.

그런데 그런 업체들은 사업 허가를 내는 게 어렵지 않고, 규정에 따르면 대룡은 그런 전문 업체들과 거래해야 하기에 그중에서 부패한 곳을 가려내기가 어렵다.

"일선에서 페이백을 요구한 모양이네요."

보고서에는 사업자 등록증과 멀쩡한 기록만이 첨부되기에 서류만으로 상대방을 판단해야 하는 대룡 입장에서는 그들이 조폭이라는 걸 알 방법이 없다.

그래서 일선에서 그런 식으로 돈을 빼돌리는 건 흔한 일이었다.

"뭐, 대룡의 힘이라면 그놈들을 털어 내는 건 일도 아니겠네."

김성식은 다행이라는 듯 안도의 한숨을 내쉬었다.

하지만 다음 말에 고개를 갸웃할 수밖에 없었다.

"이번에는 대룡을 배제하고 움직이는 게 좋을 것 같습니다."

"대룡을 배제하고?"

"네, 정확하게는 내부 청소와 어느 정도의 추적이야 괜찮겠습니다만 처벌할 때 대룡의 힘은 배제하는 걸로 하죠."

"오빠? 그러면 일이 복잡해질 텐데……."

"물론 그렇겠지. 그런데 말이야, 이런 짓거리를 하는 놈들이 한둘이 아니잖아. 이번에는 대룡이 연관되어 있다지만 현실적으로 다음에도 대룡에서 나서서 보복해 줄 수는 없어."

"아, 그렇겠네."

당장 이번 사건만 해도 대룡만이 아니라 어딘가의 항구가 연관되어 있을 가능성이 크다.

대량으로 섞여 있는 그물과 기타 어업 장비들만 봐도 그건 확실하다.

"물론 자주 벌어지지 않는 특별한 사건이고 피해자에게 보복할 힘이 있다면 무시할 이유는 없지. 하지만 이런 사건은 대부분 힘이 없는 사람을 대상으로 자주 벌어지거든."

"그러니까 우리가 그 방어법을 확립해야 한다 이거군."

"맞습니다."

시골에 땅이 조금 있다고 해서 그 사람이 힘이 있는 사람이라고 볼 수는 없다.

도리어 그렇게 관리를 못하는 땅이나 거의 나가지 않는 창고 같은 공간을 가지고 있다는 건 힘이 없다는 반증이기도 했다.

만일 힘이 있고 돈이 있는 사람이라면 돈이 되는 자리를 노리지, 돈도 안 되는 곳을 노릴 이유가 없으니까.

"그러면 범인을 잡는 게 우선이겠군."

"아니요. 사실 그것도 우선은 아니죠."

노형진은 어깨를 으쓱했다.

"응? 그러면? 뭐부터 해야 하는데?"

서세영은 어리둥절한 얼굴로 물었다. 그리고 그에 대한 답은 간단했다.

　"공무원부터 족쳐야지."

⚖️

　공무원들은 업무를 하면서 시민들을 보호해야 한다. 하지만 어떤 경우 그들은 자기들의 업무를 하지 않고 잘못을 피해자에게 뒤집어씌운다.

　이번 경우가 딱 그런 경우였다.

　원래 이런 쓰레기 불법 투기 사건은 공무원이 조사해서 막아야 하는 일이다.

　그러니까 법적으로 사법경찰이라는, 경찰에 준하는 권리를 줘 가면서 막으라고 하는 거다.

　"하지만 아무것도 하지 않으셨잖아요?"

　그러나 공무원들은 그러지 않았다.

　그저 가만있다가 문제가 터지면 피해자에게 죄를 뒤집어씌우면서 그 모든 책임을 전가한다.

　"사법경찰이시잖아요? 그러니까 당연히 수사하시고 범인을 잡으셔야지, 피해자에게 피해에 대한 복구 비용을 책임지라고 소송하는 게 말이 됩니까?"

　노형진은 그렇게 말하면서 눈앞에 있는 여자를 몰아붙였

다.

그러나 그 여자는 귀찮다는 듯 말했다.

"우리가 모든 일을 다 할 수는 없잖아요?"

실제로 틀린 말은 아니었다.

현실적으로 적은 숫자의 공무원들이 전 국토를 감시하면서 쓰레기의 투기를 막는 것은 불가능하다.

그래서 그걸 핑계 삼아 저들은 아무것도 안 한다.

사람이 부족하다, 그런 핑계로 대충 시간이나 때우다가 피해자를 물고 늘어지는 것이다.

"그건 당신들 핑계고요."

하지만 그걸 그냥 두고 볼 노형진이 아니다.

"그 책임은 당신이 지셔야지요."

"뭐요?"

"수사 기록을 봅시다."

"네?"

그 말에 여자 공무원의 눈동자가 흔들렸다.

"수사 기록 말입니다, 수사 기록. 공식적으로는 다들 사법경찰이잖아요?"

"그…… 그런데요?"

뭔가 좆 됐음을 감지한 여자 공무원의 목소리가 떨려 왔다.

'그러겠지. 공무원들이 농땡이 치는 게 어디 하루 이틀 일

인가?'

쓰레기가 투기된 토지에 대해서는 토지주가 책임지도록 되어 있다. 그건 법적으로 부정할 수 없는 사실이다.

그랬기에 그동안 수많은 재판에서도 피해자들이 이기지 못하고 피해를 뒤집어쓰고 전 재산을 털려야 했다.

'하지만 그렇다고 해서 그게 공무원이 일하지 않아도 된다는 말은 아니거든.'

이 여자 공무원의 말대로 그들이 모든 땅을 감시하는 건 불가능하다. 그래서 그와 관련해서 소송해도, 결국 재판부는 한계라는 걸 인정해서 정부의 배상 책임을 묻지 않는다.

'하지만 인지하는 것은 다른 이야기지.'

그 토지에 쓰레기가 투기되었다는 사실을 공무원들이 인식한 경우, 그들은 수사에 들어갈까?

그럴 리가 없다.

하지만 그들은 사법경찰. 수사해야 할 의무가 있는 사람들이다.

"저희 의뢰인인 김경도 씨의 말에 따르면 쓰레기가 투기되었다는 사실을 안 게 두 달 전. 그리고 그걸 치우라고 경고장이 날아온 게 한 달 전이라던데요."

"그거야…… 그런데……."

그건 공식 기록으로 남아 있으니 당연히 부정할 수 없다.

"제가 아는 공무원들의 처리 기준으로 본다면 그건 아예 수사하지 않은 거 아닙니까?"

그 말에 여자 공무원은 아무런 말도 못 했다.

'내 그럴 줄 알았다.'

원래 과정이라는 게 그렇다.

쓰레기의 무단 투기를 감시하지 못하는 거? 그럴 수 있다.

그러나 일단 발견했다면, 사법경찰은 수사를 시작해야 한다. 그리고 그 범인이 누구인지 확인하고 그를 잡아서 처벌해야 하며 그에게 복구 비용을 청구해야 한다.

하지만 현실적으로 그건 쉬운 과정도 아니고 동시에 위험하기까지 하다. 이런 사건의 뒤에는 거의 100% 조직폭력배가 있기 때문이다.

그래서 이런 사건에서 사법경찰은 수사하는 대신 피해자에게 모든 죄를 뒤집어씌우고는 복구 비용을 강제로 뜯어낸다.

"그건……."

"그래서, 수사기록 못 줍니까?"

"못 드려요!"

"왜요?"

"그건……."

'없으니까 못 주지.'

노형진만 해도 사람을 동원해서 쓰레기를 뒤져 안에 있던 주소나 몇 가지 증거를 확인하는 데 성공했다.

그런데 아무것도 모른다? 애초에 조사 자체를 안 했다는 의미다.

"역시 안 주는 게 아니라 못 주는 거군요. 수사를 안 했으니까."

그 말에 사색이 되는 여자 공무원.

"이거 명백하게 업무상배임인 거 아시죠?"

"……."

"그리고 자기 일도 안 하고 무조건 피해자에게 죄를 뒤집어씌우는 거, 부당한 행정 처리입니다."

"……."

상황이 어떻게 흘러가는지 깨달은 여자 공무원은 하얗게 질려 갔다.

"이거 행정소송 할 겁니다."

"안 돼요!"

"누구 마음대로 안 된다고 합니까?"

만일 쓰레기 투기를 한 것을 발견하지 못했다고 고소했다면 행정소송에서 이기지는 못할 거다.

하지만 노형진은 그 후에 수사 자체를 하지 않았다는 걸 문제 삼고 있고, 실제로 수사 자체가 이루어지지 않은 이상 이건 명백한 부당한 행정 처리가 맞다.

"지금이라도 열심히 조사해야 할 겁니다."

그 말에 여자 공무원의 얼굴은 시허예졌다.

"아까 그 여자 얼굴 봤어? 완전 죽을상이던데?"

"죽을상이 아니라 진짜 죽고 싶을걸. 아마 지금쯤 보직 변경해 달라고 징징거리고 있을 거다."

노형진은 어깨를 으쓱하며 말했다.

"응? 왜?"

"상대방은 조폭이야. 건드리고 싶겠냐? 전에 말했다시피 안 건드리는 게 아니야. 못 건드리는 거지. 무서우니까."

노형진은 시큰둥하게 말했다.

"사법경찰이라는 시스템 자체가 괴상한 형태니까."

전문적인 영역의 공무원에게 수사권을 줘서 사건을 해결하겠다는 의지는 좋다. 하지만 그 대신에 그에 맞는 보상과 보호를 제공해야 한다.

하지만 한국의 정부는 책임과 의무만 강요하고 보호는 나 몰라라 한다.

"미국 국세청의 화력이 어지간한 경찰 조직을 압도하는 이유가 뭔데?"

미국의 국세청은 특별 진압 팀에서부터 저격 팀, 심지어 장갑차까지 운영한다.

국세청과 이게 무슨 관계가 있겠느냐 싶겠지만 이 모든 것은 여차하면 전쟁을 불사할 정도의 보호를 제공하기 위해서다.

"그 여자도 결국은 하고 싶어서 하는 게 아니야."

이런 사건은 공무원들 사이에서도 기피되는 사건이다. 까딱 잘못하면 목숨이 위험한 데다가 문제를 잘 해결한다고 해서 실적이 되는 것도 아니니까.

"현실적으로 이런 사건은 사법경찰의 영역에서는 한계에 다다른 상황이고."

"한계?"

"그래, 원래 사법경찰이라는 것 자체가 위험성이 없다고 판단한 일들 위주로 맡거든. 경찰 입장에서 나설 일은 아니지만 그래도 단속이 필요한 그런 일들 말이야."

"아, 그렇겠네. 쓰레기 무단 투기 정도야, 법을 만들 때만 해도 동네 주민들이 벌이는 일 정도 수준이었을 테니까."

"그러니까."

하지만 법을 만든 후에 조폭이 끼어들고 무단으로 쓰레기를 버리기 시작하자 공무원의 힘으로는 커버할 수가 없게 된 거다.

상식적으로 위험한 일을 공무원이 적극적으로 하려고 한다면 그게 더 이상한 거다. 위험을 감수하고라도 해결하려면 경찰을 지원했어야지 공무원을 지원할 리가 없다.

실제로 대부분의 사람들은 현실적인 문제로 공무원을 선택한 것이지 특별한 사명감을 가진 것이 아니다.

"하지만 그들이 규정을 들이밀었듯이 나도 규정을 들이민

거야."

법적인 절차는 법의 규정에서 아주 강력한 힘을 가진다.

왜냐하면 법적인 절차라는 것은 말 그대로 기본을 서식화
한 것이기 때문이다.

법원에서 재판할 때도 1심과 2심을 거치지 않으면 3심에
가지 못하듯이, 땅 주인에게 쓰레기를 치우라고 강제성을 부
과하기 위해서는 그 쓰레기가 투기된 상황과 투기한 사람을
확인하고 추적하는 과정이 필요하다.

그리고 그럼에도 그들을 잡지 못했거나, 잡았지만 현실적
으로 그들이 처리할 능력이 없을 경우 법에 따라 주인에게
청구할 수야 있다.

물론 주인은 그 범죄자들에게 구상권을 청구할 수 있고 말
이다.

"문제는 그걸 주지 않을 거라는 거지만."

하지만 공무원들은 규정대로 했다면서 발뺌할 게 뻔하다.

"결국 쓰레기를 주인이 치우는 게 맞기는 하지."

현행법의 구조가 그렇게 되어 있으니까.

"하지만 애초에 수사도 하지 않았다면, 그다음부터는 이
야기가 좀 달라지지."

행정소송을 한 이상 지방자치단체에서는 일을 엿같이 한
직원들을 처벌할 수밖에 없다.

"결국 시간을 버는 정도라는 거네."

"맞아. 하지만 시간을 버는 것만으로도 충분하지."

노형진은 담담하게 말했다.

"그사이에 범인을 잡으면 되니까."

"쓰레기를 버려? 우리가?"

유민택은 보고받고 다시 확인하듯 물었다.

"네, 맞습니다. 보니까 산업폐기물이던데요. 아산에서 올라온 겁니다."

"아산……. 아산이라면, 우리가 거기에서 공장을 새로 짓고는 있는데……."

그 지역에 있던 건물들을 부수고 새롭게 올려야 하기 때문에 산업폐기물이 나오는 건 당연하다.

"하지만 쓰레기는 법과 원칙에 따라 버리게끔 되어 있을 텐데?"

"원래 법과 원칙이 가장 지켜지지 않는 곳이 건설 현장 아닙니까?"

노형진의 말에 유민택은 긴 한숨을 내쉬었다. 그것이 현실이니까.

당장 대룡건설에서도 원칙대로 하라고 위에서 아무리 뭐라고 해도 아래에서는 소위 유도리 있게 처리한다고 온갖 수작질을 부린다.

물론 모든 게 다 법과 원칙에 따라 굴러갈 수는 없다. 확실히 상황에 따라서는 유도리가 필요하다.

하지만 법과 원칙에 따라 예산이 배정된 부분에서 유도리를 찾는다는 것은 그걸 빼돌린다는 의미나 다름없다.

"하아, 미안하군. 나도 이제 늙은 모양이야."

"나이가 문제가 아니라 현실적인 문제죠."

"그건 그런데……."

확실히 유민택은 나이가 적지 않다.

중간에서 누군가 그룹을 승계해야 하는데 유일한 핏줄인 유영민은 아직도 배울 게 너무 많다.

"은퇴하고 싶군, 진짜로."

"방법이 없는 건 아니죠."

"자네가 말한 그 전문 경영인 파견 제도 말인가?"

"네."

"그거야 어느 정도지. 솔직히 대룡은 규모가 너무 크지 않나?"

유민택도 그 전문 경영인 파견을 생각해 보지 않은 건 아니다. 하지만 그 시스템에 기대기에는 대룡의 규모가 너무 크다.

"그게 문제이기는 하죠."

물론 전 세계적으로 전문 경영인을 도입하는 회사는 많고 그중에는 대룡보다 큰 회사도 있다.

하지만 그런 회사들은 애초에 외부에서 전문 경영인을 데려오는 시스템으로 되어 있는 데 반해 대룡은 사실상 유민택이라는 거인의 힘을 바탕으로 서 있다 보니 바로 적용하기가 힘들다.

그것뿐만 아니라 가장 큰 문제는, 전문 경영인은 기본적으로 단기간의 실적과 이득을 중요시한다는 거다.

그래서 모 기업이 전 세계를 대상으로 사기를 쳤을 때도 전문 경영인은 그 사실을 모른 척 감추기도 했다.

자신의 실적과 이득 그리고 자신에게 주어질 막대한 성과급 때문이었다.

"하지만 파견 시스템은 그게 아니지 않나?"

소속도 대룡이고 월급도 대룡에서 받는다. 심지어 성과급도 대룡을 통해 받는다.

그렇다 보니 컨트롤이 되기는 하지만 동시에 열의가 부족할 수 있다는 문제도 있다.

쉽게 말해서 안정적인 운영은 가능하지만 공격적인 확장은 불가능하다는 소리다.

유민택은 그게 마음에 들지 않았다.

"자네가 직접 한다면 생각해 보겠네만."

"아이고, 저 과로로 죽습니다, 회장님."

"그러니까 말이지."

앓는 소리를 내는 노형진을 보며 유민택은 쓰게 웃었다.

"하여간 이번 일은 미안하네. 확실하게 처리하지. 쓰레기는 우리가 치워 주면 되나?"

"아니요. 그러면 안 됩니다."

"안 된다고?"

"네. 이건 기본적으로 대룡만의 문제가 아니거든요."

대룡에서 다 치울 수 있을지는 모른다. 하지만 이 문제를 해결하지 못한다면 그 새끼들은 분명 다른 곳에서도 똑같은 짓을 하면서 계속해서 피해자를 만들어 낼 거다.

"확실히 그렇기는 하지."

범죄자들이 돈이 되는 일을 거부할 리가 없다.

그러니 이번 사건을 대룡이 해결해 주는 것은 큰 의미가 없다.

"일단은 규정대로 해야지요."

"규정대로라면?"

"쓰레기를 버린 놈들을 추적할 겁니다. 그리고 그 과정에서 소장이 개입했는지도 봐야겠고요."

"그런 거라면 굳이 나한테 올 필요가 없었을 텐데?"

노형진만 가도 아마 현장은 발칵 뒤집어질 거다.

"미래를 위해서입니다."

"미래를 위해서?"

"영민이도 더러운 꼴을 한번 봐야지요."

노형진의 말에 유민택은 그제야 그가 자신을 찾아온 이유를 깨달았다.

"무슨 뜻인지 알겠네."

언젠가 대룡을 물려받을 운명이지만, 사실 유영민은 사업의 더러운 면을 모른다.

이론적으로 배우긴 했다. 하지만 대룡 내부의 더러운 면은 대부분 청소가 끝난 상황이다.

그렇다 보니 유영민은 부패가 어떤 식으로 발생하는지, 어떻게 없애야 하는지 잘 모른다.

"결국 배워야 하니까요."

"배워야지."

유민택도 동의하고는 고개를 끄덕거렸다.

"영민이한테 현장에 가 보라고 하겠네."

"감사합니다."

"감사는 내가 해야지. 이런 기회가 아니면 언제 영민이를 가르치겠나?"

씩 웃는 유민택이었다.

자리가 바뀌면 법이 바뀐다

아산의 대룡 공장 부지 건설 현장.

그곳에는 숨도 쉬지 못할 정도의 공포감이 떠다녔다.

말로 한다?

아니다. 노형진은 그렇게 번거롭게 할 생각이 없었다.

유민택의 말마따나 노형진이 뒤집으면 될 것이다. 하지만 당연하게도 상대방은 살기 위해 저항하고, 거짓말할 거다.

그런 과정을 군이 거칠 필요는 없으니 그 이상 가는 공포를 줘서 상대방이 알아서 기게 만들어야 했다.

그리고 노형진은 그게 얼마나 중요한지 유영민에게 알려 줄 생각이었다.

"오, 영민이 이제 남자다워졌다?"

"남자……답다고요? 저는 죽을 것 같은데요."

퀭한 얼굴로 나타난 유영민은 고개를 절레절레 흔들었다.

"그렇게 힘들어?"

"말도 마세요. 팀장이라는 새끼가 갑질이 얼마나 쩌는지, 죽겠어요. 아니, 그건 둘째 치고, 남자들만 죽어 나가는 게 문제예요."

유영민은 고개를 절레절레 흔들었다.

그도 그럴 게 그가 지금 있는 곳은 대룡택배니까.

대룡이 택배 회사를 집어삼키며 탄생한 대룡택배는 그 이후 급속도로 성장했기에 배울 게 많았다.

그래서 유민택은 내부의 문제점과 개선책을 생각하라며 유영민을 아르바이트생으로 몰래 투입시킨 상태였다.

"남자만 죽어 간다고?"

"팀장이라는 새끼가 여자 직원들만 자꾸 뽑아요. 일을 하려고 출근하는 건지 장가가고 싶어서 출근하는 건지 모르겠다니까요."

"미친 거 아냐?"

택배 일은 물리적으로 힘든 일이다. 그래서 남자들도 일하다가 도망갈 정도다.

대룡이 아무리 자동화를 시도한다고 해도 결국 자동화가 가능한 일과 불가능한 일이 있다.

차량 상하차 같은 경우는 아직 자동화가 이루어지지 않은 상황.

외골격 상하차 장비가 나올 거라는 말도 있고 실제로 시연하는 등 발전하고는 있지만, 아직은 인간이 직접 움직이는 것에 비해 충분한 속도가 나오지 않아서 일선에서는 사용되지 않고 있다.

더군다나 여자는 보통 체력적으로 남자들보다 부족한 편이라 여자들은 상하차에 투입하지 않는다.

"이 새끼가 여자 알바를 데려와서는 커피를 사 준답시고 구석에 짱박혀서 노가리만 까는데, 후우~. 죽일 수도 없고."

"죽여."

"네?"

노형진은 유영민에게 아주 당연하다는 듯 말했다.

유영민은 그 말에 기겁했다.

"내가 이럴 것 같아서 널 여기로 보내 달라고 했다."

"저를요?"

"그래. 넌 은근히 마음이 약해서 처벌이 필요한 순간에도 주저하는 버릇 있잖아."

"끄응."

"회사를 이끌어 가려면 너도 그 버릇 고쳐야 해. 너 여기 온다고 그 새끼가 지랄은 안 하던?"

"지랄했죠. 팀장 새끼가, 다음번에 오면 누가 받아 주냐고 생지랄을 하는데…… 어휴~."

"쯧쯧."

그걸 보고 노형진은 혀를 끌끌 찼다. 노형진의 예상에서 한 치도 벗어나지 않았으니까.

"오빠가 특이한 거야. 보통 그게 쉽지 않다고."

"누구……."

"안녕하세요. 서세영 변호사입니다."

"아, 네. 유영민입니다. 저는…… 어……."

"유민택 회장님 손자야."

그 말에 유영민의 눈이 커졌다.

그간 자신의 신분을 드러내지 못하게 했는데 갑자기 신분 공개를 하다니.

"이쪽은 내 동생."

"동생요? 아는 동생?"

"아니. 친동생은 아닌데 법적으로는 친동생."

"네에?"

"그런 게 있어. 나중에 알아봐."

그렇게 말한 노형진은 유영민을 보며 혀를 끌끌 찼다.

"그나저나 저를 여기 왜 부르신 건데요?"

"네가 배워야 할 게 있으니까."

"뭘 배워야 되는데요?"

"사람을 어떻게 써야 하는지에 대해서."

물론 유영민은 할아버지에게서 충분히 배우기는 했을 거

이것이 법이다

다. 하지만 배웠다고 해서 그걸 전부 제대로 써먹을 수 있는
건 아니다.

수십 년간 영어 교육을 받아도 대부분의 한국 사람들은 영
어를 제대로 못하듯이 말이다.

"네가 오늘 배워야 하는 건 남을 찍어 누르는 법이야."

"네? 그건 좀 그렇지 않아요?"

불편한 얼굴이 되는 유영민.

그러나 노형진은 단호했다.

"너도 알다시피 사람은 착한 것만으로는 안 돼. 솔직히 너
는 인성이 좋아. 그건 인정하지. 하지만 인성이 좋기만 한 건
나쁘게 말하면 그냥 호구라는 거야. 무슨 뜻인지 알지?"

"알죠."

인성이 좋다고 해서 그저 참기만 해서는 안 된다. 보복할
때는 확실하게 해야 한다.

문제는, 유영민은 그런 경험이 없다는 거다.

"너는 나중에 대룡을 물려받아야 해. 그런데 그 안에 너희
팀장 같은 새끼가 한 명만 있을 거라고 생각해?"

"그건…… 아니겠죠."

아무리 유민택이 내부를 청소한다고 해도 계속 생기는 미
친놈들을 막을 수는 없다.

그 새끼들을 쳐 낸 만큼 사람들이 새로 들어오는데, 그들
중 일부가 부패한 놈일 거라는 걸 예상하는 건 어렵지 않으

니까.

"너는 회사를 운영하는 입장에서 인내해야 하는 시점도 있지만 참기만 해서는 안 된다는 것도 배워야 해."

"이해는 하는데……."

유영민은 머리를 긁적거렸다.

듣기야 많이 들었다. 하지만 직접 겪어 보지는 못했다.

"그러니까 오늘 겪어 봐야지."

노형진은 그렇게 말하면서 서세영을 바라보았다.

"그러니까 둘이서 다른 놈들 인생을 좀 조져야 할 거다."

그 말에 두 사람의 얼굴은 사색이 되었다.

⚖

변호사가 찾아왔다는 소리를 처음 들었을때 현장의 소장은 침을 꿀꺽 삼켰다.

하지만 아직 호적에 잉크도 안 마른 것 같은 변호사라는 계집애 하나와 고생이라고는 해 본 적도 없어 보이는 직원 하나, 이렇게 둘이 앞으로 나서는 걸 본 순간 어찌어찌 벗어날 수 있을 거라는 생각이 들었다.

"저는 아무런 잘못도 없습니다. 서류 절차를 보셔도…… 아시겠지만."

"그래요. 서류 절차야 조작도 어렵지 않고."

실적도 없는 신생 회사. 그런 곳에 일을 맡긴 지역 소장은 당연히 자신은 잘못한 게 없다고 당당하게 말했다.

'서류야 어렵지 않지.'

당당한 소장의 태도를 보면서, 노형진은 뒤에서 고개를 흔들었다.

애초에 허가제도 아닌 신고제이니 이런 서류를 만들어 내는 건 어렵지 않다.

당연히 조폭들이 신고했을 거다. 신고도 하지 않은 업자에게 일을 맡기는 사람은 없으니까.

물론 그렇다고 해서 그들이 규정대로 일한다는 뜻은 아니지만.

"중요한 건 그동안 거래하던 업체가 있음에도 불구하고 왜 갑자기 신흥 업체를 받아들였느냐 이겁니다."

서세영 역시 그걸 알기에 강하게 몰아붙였다.

하지만 소장은 이 바닥에서 잔뼈가 굵은 사람이었고, 그 때문에 생각보다 뻔뻔했다. 그는 경험도 없는 여자 변호사를 몰아붙이는 건 어려운 일이 아니라 생각해서 자신감에 차 있기까지 했다.

"예산을 한 푼이라도 아끼려고 그런 겁니다. 보면 아시겠지만 한 트럭당 단가가 10만 원 이상 차이가 납니다."

"그러면 의심해야 하는 거 아닙니까?"

"아니, 모든 걸 다 의심하면 일이 진행되지 않습니다."

애써 변명하는 소장.

하지만 그런 그의 얼굴을 보며 노형진은 이미 상황을 다 읽고 있었다.

'뭐, 두둑하게 받아 챙기신 모양이네.'

이 정도의 쓰레기를 버리는 데 과연 몇만 원 할까?

아니다. 한 트럭당 수백만 원이다.

그럴 수밖에 없는 게, 그 비용에는 단순히 운송 비용만 포함된 게 아니기 때문이다.

이런 산업폐기물은 법에서 지정한 곳에 가져다 버려야 한다. 당연히 그곳에서도 그와 관련된 비용을 받는다.

그렇다 보니 한 트럭당 비용이 500만 원이라고 가정한다면 그 쓰레기를 버리는 비용은 300만 원 이상이 된다.

그러니 그걸 몰래 버리면 최소 300만 원 이상은 남는 게 현실.

당연하게도 그들 입장에서는 그 비용을 아낄 수 있다면 땡잡았다고 생각하는 것이다.

'그리고 그중 상당수는 나눠 먹기 마련이지.'

이런 대규모 건축 현장에서 나오는 폐기물의 양은 트럭 한두 대 수준이 아니다. 한 대당 50만 원씩만 받아먹어도 수익은 쉽게 챙길 수 있다.

그래서 대부분의 기업이라는 조직은 새로운 거래처를 뚫는 걸 상당히 조심스러워한다.

특히나 새로운 기업과 거래하는 건 더더욱 조심스럽다. 실적도 없고 기록도 없으니 이들이 믿을 만한 조직이라는 확신이 없기 때문이다.

그 사실을 알기에 노형진은 소장더러 들으라는 듯 크게 말했다.

"새로운 기업과 거래하는 경우는 크게 네 가지야. 첫 번째, 과거에 거래하던 기업이 사고를 쳐서 더 이상 거래할 수 없게 되었을 때. 보통은 파산하거나 사회적 분란을 일으킨 경우지."

가만히 있던 노형진이 나서서 입을 열기 시작하자 소장의 얼굴이 창백해졌다.

"두 번째 경우는 새로운 기업이 신기술을 가지고 있거나 미래의 가능성이 있을 때야. 하지만 그런 경우는 드물지. 기존에 해당 사업을 하던 곳도 아닌데 새로운 기술을 만들 이유는 없으니까. 더군다나 쓰레기를 버리는 데 딱히 새로운 기술이 필요한 것도 아니고."

말을 이으며 터벅터벅 앞으로 나서는 노형진.

그러자 모두의 시선이 노형진에게로 향했다.

"세 번째는 기존에 있던 임원이 나가서 기업을 세운 거지. 영민이 너도 이 부분을 조심해야 해. 이런 경우는 거의 100% 확률로 기업을 빼앗거나 중소기업의 기술을 빼앗거든."

노형진의 말에 유영민은 고개를 끄덕거렸다. 이 부분은 이미 배워서 알고 있었다.

"마지막으로 네 번째는, 관련자가 뇌물을 두둑하게 받아 처먹었을 때지."

"당신 누구야?"

노형진이 지금까지 뒤에서 조용히 있었기에 그가 변호사가 데려온 직원 중 한 명이라 생각했던 소장은 왠지 꺼림칙한 기분에 부러 세게 나갔다.

하지만 노형진의 대답을 듣고, 그는 자신의 가벼운 입을 저주할 수밖에 없었다.

"노형진 변호사입니다."

"노…… 노형진!"

대룡의 유민택 회장과 언제든 독대할 수 있는 변호사.

대룡의 가장 강력한 우방이자 한국에서 가장 위험한 변호사.

본 적은 없지만 현장 소장쯤 되면 그 이름은 들어 봤을 수밖에 없다.

노형진이 자신의 신분을 드러내자 소장은 재빨리 태도를 바꿨다.

방금만 해도 나이 어린 두 사람을 세상 물정 모르는 것들 취급하며 막무가내로 행동했지만 이제는 '나는 억울합니다.' 라며 읍소하는 방향으로.

"아니, 노 변호사님. 그건 아니죠. 저는 억울합니다. 저는 공정하게 한 겁니다."

"그럴 수도 있죠. 그러니까 조사 좀 해 보면 되겠죠."

"해 보세요. 전 깨끗하니까요."

"계좌야 깨끗하겠죠. 하지만 과연 부인께서 명품을 샀을까요, 안 샀을까요?"

그 말에 소장의 얼굴이 흔들리기 시작했다.

사실 이런 대형 공사 현장에서 소장쯤 되면 뇌물을 받지 않는 게 오히려 어려운 일이다.

"아내분하고 자녀분들까지 탈탈 털면 뭐라도 나오겠죠."

"그건…… 부, 불법입니다."

"방금은 털라면서요?"

"가족은 건드리는 거 아닙니다."

"미안해서 어쩌나요, 우리는 가족도 건드리는데? 우리가 바보로 보여요? 요즘은 뇌물을 계좌로 받는 지능 떨어지는 놈도 있나 보네."

노형진의 비웃음에 소장의 얼굴이 창백해졌다.

하긴, 뇌물을 받는 이유가 뭔가? 잘 먹고 잘사는 게 목적 아닌가? 조사를 시작하면 어디서 어떻게 얼마나 해 처먹었는지 다 드러날 수밖에 없다.

"영민이 너는 어떻게 생각해?"

"심각한 문제죠."

유영민은 얼굴이 딱딱하게 굳어 있었다.

그도 그럴 게 이번 경우는 쓰레기를 버리는 문제이지만,

뇌물을 주는 놈들이 건축자재를 납품하는 놈들일 수도 있기 때문이다.

실제로 대룡건설은 방사능에 오염된 건축자재가 들어와서 아파트 한 동을 통째로 날려 버린 적이 있었다.

그 결과, 그 막대한 방사능오염물을 처리하기 위해 적지 않은 폐기 비용을 날려야 했다.

"가장 큰 문제는 사람 목숨이 걸려 있다는 거잖아요."

사람 목숨이 걸려 있다. 이게 가장 큰 문제다.

하지만 뇌물을 받아 처먹는 놈들은 가볍게 무시해 버리는 부분이기도 하다.

"영민아, 이런 놈들은 말이야, 남의 목숨 같은 건 신경 안써. 그러니까 처벌할 때는 똑같이 이놈들의 목숨도 신경 쓰지 말아야 해."

"그 말씀은?"

"유영민, 서세영. 너희들이 봤을 때는 어떤 처벌이 좋을 것 같냐?"

그 말에 듣고 있던 소장이 소리를 버럭 질렀다.

"보자 보자 하니까, 이 새끼들이! 너희들 뭐야? 어? 너희가 뭔데 감히 나한테 이래라저래라야? 어?"

적반하장식으로 언성을 높이는 소장을 보면서 서세영은 기가 막혀서 말이 안 나왔다.

"저 사람 왜 저래, 오빠?"

"사람은 자기가 위험해지면 본성이 나오기 마련이지."

"본성?"

"그래. 한국의 고질적인 문제가 뭔지 알아? 목소리 큰 놈이 이긴다는 거야. 특히 이런 곳에서는……. 아니다, 정확하게 표현하자면, 법과 원칙이 지켜지지 않는 곳에서는 그런 경향이 더 심하지. 너도 알 거야. 적반하장이라고 하지? 때때로는 목소리를 높여서 위기에서 벗어나려고 하는 놈들이 있단다."

"아, 그런 거. 많이 들어 봤는데 직접 보는 건 처음이네."

"잘못이 들통 나면 반성하고 사과할 것 같지? 사실 그런 사람들은 드물어. 70% 이상이 목소리를 높여서 상대방을 압박하려고 하지. 특히 평소에도 갑질 잘하는 놈들은 거의 100% 그렇지."

"어디서 감히 지들끼리 떠들어! 내가 누군지 알아! 나 여기 소장이야, 소장!"

노형진과 서세영이 조용히 이야기하자 속으로 걸리는 게 많은 소장은 더더욱 언성을 높였다.

그 순간 노형진의 얼굴에 섬뜩해 보이기까지 하는 진한 미소가 떠올랐다.

"감히? 지금 두 번이나 '감히'라고 했습니까?"

그러자 서세영은 머리를 부여잡았다.

"아이고, 저 아저씨 큰일 났네."

유영민이 어리둥절한 표정으로 서세영을 돌아보았다.

"왜요?"

"우리 오빠가 가장 싫어하는 말 중에 하나가 '감히'라는 단어거든요. 그런데 그걸 한 번도 아니고 두 번이나 했으니 오빠 성격을 제대로 긁은 거죠."

자신이 남보다 우월하다는 사상이 녹아 있는 단어가 바로 '감히'다.

물론 노형진은 모든 인간이 평등하다고 생각하는 사람은 아니다. 그런 세상은 불가능하다는 걸 안다.

하지만 자기 입으로 '감히'라는 말을 하는 놈들은 자기가 남보다 우월하기에 남들을 어떻게 취급하든 문제없다고 생각하는 경우가 많다.

특히 범죄자가 내지르는 '감히'라는 말은 보통 힘으로 피해자를 찍어 누르겠다는 의미가 강했기에, 노형진은 범죄자가 '감히'라는 말을 꺼내는 순간 반쯤 눈이 돌아가서 찍어 눌러 죽였다.

"야! 이 새끼들 조져!"

아니나 다를까, 다급해지자 일반 노동자들을 시켜서 세 사람을 억류하고 위협하려고 하는 소장.

"네?"

하지만 미치지 않고서야 직원들이 그 말을 들을 이유가 없다.

그가 소장으로서 정당하게 내리는 명령과 불법적으로 내리는 명령을 구분 못 할 사람은 여기에 없었다.

"이 새끼들 조지라고!"

하지만 여기서 얼마나 갑질을 하고 왕처럼 군림한 건지, 소장은 그 차이를 깨닫지 못하고 마치 자신이 무슨 폭력 조직 리더라도 된 것처럼 계속해서 주변에 있는 노가다꾼들에게 소리를 고래고래 질러 댔다.

"어떻게 생각해, 영민아?"

그러나 노형진은 서세영의 생각과는 다르게 싱글벙글 웃으면서 유영민을 바라볼 뿐이었다.

"크으."

유영민은 자신도 모르게 창피함에 얼굴을 가렸다.

자신의 할아버지가 운영하는 회사는 깨끗하고 사회적으로 인정받는 곳이라고 생각했다. 그랬기에 자랑스러워했다.

그런데 지금 그가 목도한 현실은, 분명 노형진이 회사와 밀접한 관련이 있는 변호사라는 사실을 알면서도 언성을 높이며 위력을 행사하려는 모습이었다.

그것도 고작 현장직 소장 따위가 말이다.

그때 상황을 지켜보던 서세영이 의아한 듯 노형진을 흘끗 보았다.

"얼레? 오빠, 이번에는 화를 안 내네?"

"나 대신에 화내 줄 사람이 있으니까."

노형진은 어깨를 으쓱하며 말했다.

"영민이도 이참에 칼을 휘두르는 법을 배워야 하거든."

용서와 자비가 모든 것을 해결해 주지는 않는다.

세상에서는 용서와 자비를 이야기하지만 처벌이 없는 용서와 자비는 세상을 혼란하게 만들 뿐이다.

"영민이는 피를 본 적이 없어. 그리고 그건 미래 대룡의 지도자로서는 심각한 결격사유야."

유민택이 착한 경영인으로 소문났지만 피를 볼 때는 지독하게 잔인하다는 소문도 났기에 누구도 대룡을 섣불리 건드리지 못한다.

실제로 대룡과 싸운 성화의 일가가 중국에서 인체 신비전에 출품되었다는 황당한 소문도 돌았다.

물론 그들이 미라로 전시된 것은 사실이다. 하지만 유민택이 그들이 그렇게 되도록 손쓴 적은 없다.

그러나 유민택은 그 소문을 그냥 방치했다.

실제로 어느 정도의 공포감은, 기업을 운영하는 경영인으로서는 필요한 부분이니까.

"그건 너도 마찬가지고."

서세영 역시 상대방의 피를 제대로 본 적이 없는 변호사다. 뒤에서 구경해 본 적은 있지만 직접 나선 건 아니다.

"어떻게 생각해?"

"알겠어."

다시 한 걸음 나가기 위해서는 어쩔 수 없이 겪어야 하는 고통이라는 소리다.

"이 새끼들아! 저 새끼 붙잡아!"

소장은 아직도 정신 못 차리고 소리를 빽빽 지르고 있었다. 빌어도 시원찮을 판국에 말이다.

아마 위협을 해서라도 입을 막고 싶은 모양이었다.

"당신, 그만하지."

결국 유영민이 나섰다.

노형진의 말이 맞다. 자신이 아무리 노력하고 잘 배워도 내적인 성장을 이루지 않는다면 대룡을 이끌 수는 없다.

모두를 살릴 수도 없는 판국에 기업을 좀먹는 악당을 끌고 갈 이유는 더더욱 없다.

"뭐? 나이도 어린 놈의 새끼가."

그를 노형진을 따라온 시다바리쯤으로 생각한 소장은 기선을 제압하기 위해 소리를 빽 질렀다.

그런 행동에 유영민은 노형진에게 눈길을 주었다.

겁을 먹어서?

아니다. 이럴 때는 어떻게 엿을 먹여야 잘 먹이는 건지 궁금해서였다.

"알아서 해. 너랑 난 스타일이 다르니까."

그 말에 유영민은 잠깐 고민했다. 그러고는 핸드폰을 들었다.

"할아버지."

—오, 영민이구나.

"네, 여기 소장이 좀 바꿔 달라고 하는데요?"

—소장이?

유영민은 자신의 핸드폰을 그 소장에게 넘겼다.

영문을 모른 채 핸드폰을 받아 든 소장은 대뜸 소리를 버럭 질렀다.

"이 새끼야! 넌 애새끼 교육을 어떻게 하기에 나이도 어린 놈의 새끼가 와서 행패질이야, 행패질이! 나이를 똥꾸멍으로 처먹었냐?"

—허어?

아마 이런 욕은 유민택 회장이 대룡을 만든 후 처음 먹어 봤을 것이다.

—자네는 누군가?

"나, 여기 대룡건설 현장 소장이다! 너 이 새끼, 와서 애새끼 데리고 가! 네가 뭔데 애새끼가 여기서 지랄하게 두냐?"

—나? 난 유민택이네만.

"유…… 누구?"

—자네는 자기네 회사 대표 이름도 모르나? 유민택 회장이란 말일세.

"지랄. 네가 유민택 회장이면 나는 대통령……이……."

말하던 소장은 왠지 불안해졌다.

욱한 나머지 상대방이 대꾸하지 않는 것을 위협이 먹히는 것으로 착각하고 흥분해서 마구 소리를 질렀는데, 유민택이라는 이름을 듣자 그동안 머리에 쏠려 있던 모든 피가 한꺼번에 쫘악 빠져나가는 기분이었다.

동시에 그동안 욱해서 저지른 짓과 고함이 생각나며 근본적인 공포가 몰려오기 시작했다.

슬그머니 시선을 돌려 보니 싱글벙글 웃고 있는 노형진과 그 옆에서 완전히 재미있는 걸 구경하는 듯한 여자가 보였다.

"어……."

"맞아요."

그리고 상황을 알아차린 여자, 서세영이 생글생글 웃으며 말했다.

"다시 소개해 드릴게요. 저는 서세영. 새론의 변호사입니다. 이쪽은 유영민. 대룡 유민택 회장님의 손자분이시고 유일한 후계자십니다. 차기 회장님이시죠."

그 말에 소장의 손에서 핸드폰이 탁 하고 떨어졌다.

유영민은 그걸 주워서 툭툭 먼지를 털더니 유민택에게 말했다.

"할아버지, 나중에 연락드릴게요."

─오냐, 이따 집에서 보자. 이 할아비는 좀 바쁠 것 같다. 건설사 사장과 좀 오래 좀 만나야겠어.

말이 끝나기가 무섭게 뚝 끊어지는 전화.

소장은 털썩 무릎을 꿇었다.

"살려 주십시오."

"싫은데요."

"대표님, 살려 주십시오. 제발……!"

"일단 저 대표 아니고요. 싫다니까요."

그렇게 말한 유영민은 고개를 돌려 아직 철거가 끝나지 않은 8층짜리 건물을 바라보았다.

"흠, 저기서 떨어지면 죽을까요? 머리부터 떨어지면 죽기 충분할 것 같은데요. 안 그래요?"

"살려 주십시오! 제발…… 제발 살려 주십시오!"

소장은 몸부림치면서 유영민의 바짓자락에 매달렸다.

유영민은 담담하게, 하지만 확실하게 말했다.

"싫은데요."

⚖

"왜 할아버지한테 전화한 거야?"

노형진은 좀 떨어진 곳에서 커피를 사 주면서 유영민에게 물었다.

그가 이곳에 유영민을 데려온 이유는 유영민이 스스로 독해져야 하기 때문이다.

그래서 만일 유영민이 책임을 피하기 위해서라거나 심리

적 부담감 때문에 유민택에게 전화한 거라면 한 소리를 하기 위해 이유를 물었는데, 다행히도 그런 건 아니었다.

"마음 같아서는 제가 어떻게 하고 싶었지만, 공식적으로 제게는 대룡 직함이 없잖아요. 물류 센터 알바일 뿐이지."

"그렇기는 하지."

"그러니까 그 책임이 있는 사람한테 알려 드린 것뿐이에 요."

"정답이기는 하네."

유영민이 화내면서 지랄했다면 어떤 면에서는 쉬웠을 테 지만 동시에 다른 회사의 후계자들이 갑질하는 것과 다를 바 가 없다.

아니, 더 심각한 문제가 되었을 거다. 유영민의 말대로 그 는 아무런 권한도 없는 사람이니까.

"그나저나 오빠 말대로 술술 부네?"

"자기도 살아야 하니까."

예상대로였다.

소장은 외부에서 접근한 정체 모를 놈들에게 폐기물 처리 를 맡겼고, 그 대신에 한 트럭당 50만 원 정도의 뒷돈을 받기 로 했다고 했다.

족히 수만 대의 폐기물이 나올 대형 공장 건축 현장이니 수억 원은 가볍게 챙길 수 있는 기회라 거절하지 않았던 거 고 말이다.

"그런데 별건 없어서 아깝네."

애석하게도 소장이 특별히 아는 건 없었다. 돈도 현금으로 받았고 그놈들의 연락처도 대포폰, 주소도 가짜였다.

"뭐, 그렇다고 해서 얻은 게 전혀 없는 건 아니지."

소장의 증언은 그대로 사법경찰에게 넘어갔다.

때마침 사법경찰들은 상대방이 폭력 조직이라는 두려움 때문에 차일피일 시간을 끌면서 수사를 미루고 있던 상황.

"공범을 제공했으니 그쪽에서도 더 이상 수사를 미룰 수는 없겠지."

"그리고 그 쓰레기는 소장이 치우고요?"

유영민의 말에 노형진은 고개를 끄덕거렸다.

"일단 공범인 걸 인정했으니까."

만일 그 쓰레기를 치워야 하는 책임이 자기에게 있다는 걸 알았다면 아마 말을 하지 않았겠지만 그 사실을 몰랐던 소장은 자신이 돈을 받은 사실을 인정했다.

이제 피해자인 김경도는 그에게 쓰레기를 치우라고 요구할 수 있게 된 것이다.

"물론 아직 사건이 끝난 건 아니지만."

"아, 그랬지? 절반은 수산업 폐기물이었잖아."

"그래. 수산업 폐기물은 꽤 많이 나와. 사람들이 상상하는 이상으로 말이지."

"어느 정도인데?"

"음……."

노형진은 잠깐 고민하듯 생각하다가 빨대를 흔들었다.

"이거 말이야."

"뭐?"

"이 테이크아웃용 컵과 빨대. 사회단체는 이런 일회용 물건이 바다 생태계를 오염시킨다고 하지."

"틀린 말은 아니잖아?"

"맞아, 틀린 말은 아니지. 그런데 말이야, 거짓말을 하지는 않지만 모든 진실을 이야기하지도 않는다는 점에서는 그들도 변호사들과 똑같아."

일회용 빨대와 컵이 세계의 바다를 오염시키는 것은 사실이다. 하지만 주범이라고 할 수는 없다.

바다를 오염시키는 1등 주범은 바로 수산업에서 나오는 어마어마한 양의 폐기물, 즉 그물 같은 거다.

"매년 항구 한 곳에서 수백 톤의 그물과 해양 폐기물이 나오지."

그리고 그렇게 버려진 폐기물을 누군가는 처리해야 한다.

문제는, 건설업보다 그쪽이 훨씬 휘두르기 편하다는 것이다.

건설업은 그나마 위에서 감시라도 할 수 있지만 그쪽은 애초에 버리는 주체가 최고위 라인이다.

그렇다 보니 어떤 증거도 어떤 기록도 남기지 않고 슬쩍

불법업자들에게 떠넘겨 매년 어마어마한 쓰레기를 버리고
있다.

"사실 대부분의 폐기물은 그런 쪽에서 나와."

"바다?"

"아니, 영세한 업체들 말이야."

이번에 대룡건설에서 소장이 쓰레기를 투기한 행위는 상
당히 특수하면서도 예외적인 경우로 봐야 한다.

대부분의 경우 덩치가 크면 그만큼 위에서 감시가 심하기
때문이다.

"하지만 작은 기업들 또는 어촌계같이 감시 시스템이 불명
확한 곳들은 대부분 단돈 몇십만 원이라도 아끼려고 하거든."

그러다 보니 몰래 돈을 돌려주겠다는 가짜 업체의 말에 흔
들릴 수밖에 없다.

"그러면 어떻게 해야 해? 그쪽이랑 소송해야 하나?"

"일단은 아니야."

"응? 어째서?"

"지역단체는 외부에 대해 상당히 극단적으로 배타적이야.
너도 사건 기록을 봐서 알겠지만 지역단체의 결집력은 상상
이상이지."

필요에 따라서 그들은 살인이나 강간 등 강력 범죄도 은닉
한다.

한 지역이 똘똘 뭉쳐서 사법에 저항하기 시작하면 이 사건

은 엄청나게 복잡해지고 또 해결하기가 힘들어진다.

"가장 먼저 해야 할 일은 그들이 뭉치지 못하게 하는 거
야."

"어떻게?"

"어떻게는. 당연히 독박을 뒤집어씌우는 거지, 후후후."

산업폐기물 중에 일반 쓰레기가 섞여서 버려지는 경우는
아주 흔하다. 사실 대부분의 사람들은 어차피 버려질 쓰레기
라는 걸 알기에 아무런 생각도 없이 일반 생활 폐기물까지
함께 가져다 버린다.

실제로 처음에는 콘크리트만 버려져 있던 곳도 나중에 다
시 찾아가 보면 생활 쓰레기부터 음식물 쓰레기와 플라스틱
까지 온갖 쓰레기가 산처럼 쌓여 있다.

그리고 그중에는 영수증이나 고지서 등도 섞여 있다.

노형진은 그걸 증거 삼아서 그들을 쓰레기 무단 투기로 지
역 사법경찰에 신고하고 그들이 쓰레기를 치우도록 민사소
송을 걸었다.

당연하게도 그 지역의 주민들은 난리가 났다.

"박해만 씨, 거기에 일반 쓰레기도 함께 버린 걸 인정하시
는 거죠?"

사법경찰은 경찰과 똑같은 권한을 가진다. 당연히 노형진이 그곳에 쓰레기를 버린 사람을 고발했으니 그에 맞는 조사를 해야 한다.

"아니, 그게 뭐시냐, 그건 사실인데…….."

"후우, 왜 거기에 쓰레기를 버리셨어요?"

"아니, 거기가 쓰레기를 버리는 곳이니께…….."

"거기는 법에서 정한 산업폐기물만 처리하는 곳이라고요."

"아니, 몰랐제."

당연히 평소처럼 대충 미안하다고 하면 끝날 거라 생각한 박해만은 싱글벙글 웃으면서 대충 대꾸했다. 어차피 사법경찰이라고 해도 다 알고 지내는 사이인 시골이니까.

물론 전이라면 그랬을 것이다. 하지만 이건 그렇게 대충 덮을 수 있는 문제가 아니었다.

"박해만 씨뿐만이 아니라 지역 조합원들 대부분이 고소당했어요."

"뭐시라?"

"아니, 거기다 왜 다른 쓰레기를 버리셨어요?"

"아니, 어차피 버릴 쓰레기에 다른 쓰레기 좀 더하는 게 뭐 어뗘서!"

"그거 불법입니다."

"너무허네, 진짜."

"문제는 그게 아닙니다. 그 쓰레기가 잘못 처리되어서, 치우는 비용이 15억이나 들게 생겼어요."

"뭐?"

그 말에 박해만은 기가 막혔다.

그도 그럴 게, 몰래 다른 쓰레기도 버리던 사람이 그뿐만이 아니기 때문이다.

어차피 산업폐기물이 산처럼 쌓여 있으니 나중에 한꺼번에 처리될 줄 알고 온 동네 사람들이 온갖 쓰레기를 그곳에 버려 왔다.

그리고 지금까지 그런 일이 문제가 된 적은 한 번도 없었다.

사실 그게 문제가 되지 않았던 건, 그동안은 단 한 번도 사법경찰이 그렇게 불법적으로 폐기된 폐기물에 대한 조사를 제대로 한 적이 없어서였지만.

그러나 이번에는 고발이 들어왔고 증거까지 있는 상황.

이 상황에서는 결코 전처럼 모른 척 넘어갈 수 없었다.

"그거 산업 쓰레기로 버린 거 아니었어?"

"그게 말이죠."

원래 산업 쓰레기로 버려질 것이었고, 실제로 산업 쓰레기로 폐기되었다면 아무런 문제가 없었을 것이다.

하지만 업자가 피해자인 김경도의 땅에 몰래 가져다 버린 게 문제가 되었다.

"그간은 거기에 쓰레기를 버린 게 누구인지 알 수가 없었는데 이번에 거기에서 박해만 씨가 버렸다는 증거가 나왔어요."

사법경찰의 설명을 듣던 박해만은 눈을 치켜뜨고 따지듯 물었다.

"그러니까 지금 그 쓰레기를 치우는 돈 15억을 나한테 내라는 겨, 시방?"

"정확히는 어촌계에서 함께 책임지게 될 거예요."

"뭔 소리여? 설마, 우리가 15억을 물어내야 한다고?"

"네. 그리고 처벌은 따로 받으셔야 할 테고요."

그 말에 박해만은 기가 막혀서 말이 안 나왔다.

⚖️

"김 씨! 이거 뭐야! 이게 뭐냐고!"

지역이 하나로 똘똘 뭉칠 때는 외부에 대항해서 집단으로 싸워야 할 필요가 있을 때다.

하지만 외부에서 집단이 아닌 개인을 공격하면 어떻게 될까?

"뭘?"

지역 조합장인 김득술은 씩씩대며 자신을 찾아온 박해만에게 시큰둥하게 물었다.

"이거 말이여!"

박해만이 신경질적으로 어떤 종이를 들이댔다.

김득술은 그 종이에 적힌 글자를 천천히 읽었다.

"쓰레기 무단 투기?"

"아니, 씨팔! 이거 뭐냐고!"

"나야 모르지."

당연히 모른다.

쓰레기 처리에 관해 계약을 한 건 분명 조합장인 김득술이 맞지만, 박해만이 거기에 개인적인 쓰레기까지 버려서 이 사달이 난 거니까.

"아니, 씨펄. 왜 내가 쓰레기를 버렸다는 이유로 처벌을 받아야 하는디? 15억? 15억? 15억이 뉘 집 개새끼 이름이여?"

"15억? 무슨 소리야?"

박해만은 흥분해서 날뛰면서 제대로 말을 못 했기에 조합장인 김득술은 고개를 갸웃하면서 물었다.

"씨펄, 쓰레기 말이여! 그 쓰레기 어따 버렸어? 어따 버렸기에 내가 15억을 물어내야 하느냐고!"

흥분한 박해만은 중구난방으로 버럭버럭 소리만 질러 댔다.

김득술은 그런 박해만을 보며 눈을 찡그렸다.

"뭐야? 아침부터 낮술 처먹었어? 정리를 해서 말해."

그 순간 문을 박차고 들어오는 사람들.

그런데 그 수가 한두 명이 아니었다.

김득술의 시선이 그들에게 향했다.

"김 조합장! 이거 뭐야? 너 뭔 짓을 한 거야?"

"응? 다들 무슨 일이야? 그런데 다들 왜 그래?"

"아니, 씨팔. 대체 뭔 짓을 했길래 우리가 15억을 내야 한다는 거냐고!"

"15억? 해만이도 그렇고 너희도 그렇고, 다들 뭔 소리야?"

"뭔 소리긴! 네가 가져다 버린 쓰레기 때문에 우리가 독박을 쓰게 생겼잖아!"

일관된 말을 하며 화내는 사람들.

그런 집단행동에, 김득술은 그제야 일이 잘못되었다는 사실을 알아차렸다.

"쓰레기?"

"우리 조합의 폐기물들 말이야!"

그 말에 김득술의 목소리가 떨리기 시작했다.

"그게 뭐가 문제가 있어?"

하지만 그의 목소리에 서린 공포감은 감출 수가 없었다.

⚖️

"문제가 되겠지."

노형진은 당연하다는 듯 말했다.

"어째서, 오빠?"

"넌 그걸 가져다 버린 게 누구라고 생각해?"

"그야 당연히 그 폐기물 처리 계약을 한 조직폭력배들이겠지."

"맞아. 그런데 그 증거가 있어?"

"조사하면 나오겠지?"

"지금 당장 말이야."

"없지."

"그래, 없지. 그러니까 책임 소재가 불명확해지는 거지."

지방자치단체에서는 자기들이 조폭들과 연관되는 게 두려워서 수사도 하지 않고 피해자에게 독박을 씌웠다.

하지만 이제 노형진 때문에 그런 시도도 못 하게 생겼다.

최소한 수사를 하는 시늉만이라도 해야 하기 때문이다.

"문제는 실제로 거기에서 어떻게 행동하느냐는 건데."

"시늉만 하겠네요!"

유영민은 자신도 모르게 탄성을 내지르면서 말했다.

"맞아. 내가 장담하는데, 결코 본격적으로 수사하진 않을 거야."

노형진과 새론처럼 쓰레기를 뒤져 그중에 정보가 있는지 확인하지도 않을 테고 몰래 들어온 차량의 동선을 추적하거나 하지도 않을 거다.

그들은 어떻게 해서든 범죄자들과 거리를 두고 싶어 하니까.

당연히 말 그대로 수사하는 시늉만 할 테고, 일정한 시간이 경과한 뒤에는 또다시 증거가 없음을 이유로 다시 한번 땅 주인인 김경도에게 독박을 씌우려고 할 거다.

　"그런데 말이야, 우리가 이렇게 지방을 건드리면 어떻게 되겠어?"

　이미 쓰레기 더미에서 그들의 개인 쓰레기가 나왔으니 그걸 증거 삼아 그 쓰레기를 버린 게 그들이라고 주장할 수 있다.

　사법경찰이 제대로 수사해서 중간 조직을 찾아낸다면 모를까, 그런 것도 없는 상황에서 개인의 쓰레기에 들어 있는 정보는 범인을 특정할 수 있는 가장 강력한 정보다.

　"아, 그렇겠다. 우리가 쓰레기를 치우라고 요구하고 손해배상 같은 걸 청구할 수 있겠네?"

　"맞아. 그럼 그 후에는 뻔하지. 아마 단체로 몰려가서 조합을 뒤집어 놓을 거야."

　그들이 용도 외의 쓰레기를 몰래 함께 버린 건 불법이다. 수십 년간 관행으로 굳어진 일이었기에 누구도 제지하지 않았을 뿐.

　하지만 이제는 그로 인해 문제가 생겼고, 이 문제는 그 지역 조합장의 자리를 엄청나게 위협하게 될 거다.

　"아마도 조합장은 아차 싶겠지."

　이 상황에서 나는 모르는 일이니 알아서 해라, 하고 외면해 버리면 동네에서 사람 취급도 못 받게 될 가능성이 크다.

물론 보통 시골의 조합장이 가지는 힘을 생각하면 그럴 가능성은 낮다. 시골의 조합장은 어떤 면에서는 시장 같은 공직자보다 훨씬 강력한 권력을 가지니까.

"하지만 그런 권력도 모두 지역 주민들의 지지를 기반으로 하지."

당연히 이런 일이 터지면 조합장은 가만있을 수가 없다.

"당연히 조합장은 시청에 따지겠지."

자신이 계약한 내용을 들이밀면서 어떻게 해서든 책임에서 벗어나려고 할 것이다.

"그러면 공무원들은 곤란해지겠네."

지금 공무원들은 조폭들을 건드리게 될까 봐 무서워서 조사를 못 하고 있다. 그런 상황에서 명백한 증거와 고발이 들어온다면 어떻게 될까?

"당연히 공무원들은 그들을 조사할 수밖에 없지."

손해배상금이 무려 15억에 달한다. 그 돈을 과연 조합에서 낼까?

그럴 리가 없다. 당연히 자신들은 제대로 거래했다고 증거를 제출할 거다.

물론 그 과정에서 그쪽의 조합장이 좀 두둑하게 챙겼을 수야 있겠지만, 그렇다고 그 사실을 감추기 위해 조합원들에게 15억이라는 돈을 내라고 할 수는 없을 테니까.

"그러면 조합원들이 고발하겠지."

"아, 그러네. 그러면 죄목이 달라지는구나?"

"맞아. 죄목이 달라지지."

이런 쓰레기 무단 투기의 경우는 보통 자기들 소관이 아니라고 그냥 모른 척한다. 그리고 소관인 사법경찰은 두려움에 모른 척한다.

"하지만 이제는 아니지."

이건 쓰레기 무단 투기가 아니라 명백한 업무상배임 행위다. 즉, 형법의 영역이고, 경찰의 영역에 들어간다.

버려 달라고 요청한 쪽은 쓰레기장 반입에 필요한 모든 비용을 냈는데 업체에서 그걸 몰래 다른 곳에 가져다 버린 것이니까.

"정식으로 수사가 진행되겠네."

"그래, 그렇게 되겠지."

그동안 서로 미루기만 하던 책임 소재가 명확해지는 거다.

"그리고 이제 그쪽을 조지면 되는 거지, 후후후."

조강도는 생각지도 못한 말에 깜짝 놀랐다.

"뭐? 조사?"

"네, 저희가 주소지로 등록한 곳에 짭새 놈들이 찾아왔답니다."

"아니, 씨팔. 그게 뭔 소리야? 조사라니? 짭새들은 이 사건을 조사하지 않는다면서?"

조강도는 말도 안 된다는 듯 소리를 지르면서 한구석에 있던 남자에게로 시선을 돌렸다. 그 남자는 조직에서 두뇌 역할을 하고 있었다.

시선을 받은 남자는 깜짝 놀라며 고개를 저었다.

"네? 그럴 리가요. 이건 경찰 소관이 아닌데요?"

쓰레기 무단 투기의 경우 소관은 지자체이지 경찰에서 할 일이 아니다.

물론 하려고 하면 할 수는 있지만 경찰은 일하기 싫어하는 놈들이다.

더군다나 아무리 경찰이라고 해도 조폭들과 연관되는 걸 좋아하지 않는다. 그런데 조사라니?

"그게, 저희도 잘 모르겠습니다."

연락받은 부하 직원은 다급하게 고개를 흔들었다.

"영장은?"

"영장은 없었답니다. 그냥 확인차 찾아왔다고……."

"씨팔, 그나마 다행이기는 한데."

이런 일을 하면서 혹시라도 꼬리를 밟힐 생각은 없었다.

당연히 거래할 때 쓴 모든 기록, 그러니까 전화번호나 주민번호, 심지어 주소까지 모든 걸 다 허위로 작성했다.

물론 사업자 등록증을 내야 하기 때문에 방을 얻기는 하지만 일단 사업자가 나오면 바로 방을 빼 버린다.

당연히 주소지에서 사는 사람은 전혀 다른 사람이다.

"씨팔, 뭐야? 어떻게 된 거야? 얀마, 넌 지난번 조직에서 이걸로 떼돈 벌었다면서?"

"그건 그렇죠. 우리도 두둑하게 벌지 않았습니까?"

"그런데 짭새 놈들이 찾아왔다잖아!"

"전 조직은 마약 때문에 작살난 거지 쓰레기 때문에 작살

난 게 아니라서요."

사실 부두목은 원래 이 조직 소속이 아니었다.

다른 조직의 행동대장이었는데, 죄 하나를 뒤집어쓰고 잠깐 교도소에 들어가 있었던 것.

그런데 그사이에 조직이 마약 거래를 하다가 박살 났다.

다행히 그는 가벼운 죄로 교도소에 있었기에 연루되지는 않았지만, 박살 난 조직으로 돌아갈 수는 없었기에 흘러 흘러 여기까지 온 거다.

"그래도 여기까지는 못 올 거 아닙니까? 애초에 우리가 정보를 흘린 것도 아니고."

"그건 그렇지."

사업자도 자기들 명의로 낸 게 아니다. 어디서 대충 노숙자 하나 데려다가 낸 사업자고, 주소지에는 아무것도 없다.

말 그대로 꼬리를 말면 그대로 끝이다.

"형님, 일단은 다른 노숙자를 구해서 사업자를 새로 내시죠."

"짭새 놈들, 뭐 처먹을 게 있다고 귀찮게……."

하지만 어쩌겠는가? 지금으로서는 방법이 없다.

"걱정하지 마세요. 아무리 짭새들이 날고뛰어도 아무것도 없는데 우리를 추적할 수 있겠습니까?"

"뭐, 그건 그렇지."

느긋한 부하의 말에 조강도는 고개를 끄덕거렸다.

"야, 너. 역 앞에 가서 적당한 노숙자 새끼 하나 잡아 와라."

"네, 형님."

조강도는 자신들에게 문제없을 거라 생각했다.

하지만 그들은 노형진이 얼마나 집요한 사람인지 알지 못했다.

"오빠, 경찰서에서 연락이 왔는데 답이 없대. 이 새끼들이 완전히 꼬리를 잘랐대."

"뭐, 예상에서 한 치도 안 벗어나네."

"그래?"

"그래, 현실적으로 제대로 추적하지도 않을 거고."

"뭐? 오빠, 그게 무슨 말이야?"

"애초에 말이야, 이건 경제사범이라고. 그래서 문제가 되는 거고."

서세영은 그 말에 고개를 갸웃했다.

경제사범인 거랑 수사가 진행되는 게 무슨 관계가 있단 말인가?

"일단 이건 배후에 조폭이 있다고 의심하고 있잖아?"

"그렇지."

"하지만 의심은 의심일 뿐이지."

진짜로 그 뒤에 조폭이 있는지 없는지는 아무도 모른다.

결국 현실적인 분류에 따라 사건이 배당되어야 하는데 그러면 결국 경제사범, 그러니까 경제범죄 팀이 사건을 담당하게 된다.

"경제범죄 팀은 아무래도 강력계 쪽에 비해 조폭들과 연관되는 걸 두려워하지."

강력계나 조직범죄 팀은 범죄 조직과 연관되지 않을 수가 없기에 각오가 되어 있지만 경제범죄 팀은 아니다.

그들은 조직범죄자들과 그다지 연관될 일이 없기 때문에 위험한 사건에서는 슬쩍 발을 빼려고 하는 성향이 강하다.

"경제 사건이라고 하면 대부분 사기거든."

그리고 사기 범죄자들은 경찰에 걸리면 도망가지, 사시미들고 같이 죽자고 설치지는 않는다.

"그리고 마음 한구석에는 불만이 가득하겠지."

엄밀하게 말하면 사법경찰이 해야 할 일인데 고발한 사람이 땅 주인이 아니라 그 쓰레기를 넘긴 사람이라 죄목이 바뀐 거니, 본래는 하지 않아도 되는 일을 해야 한다고 투덜거리고 있을 게 뻔하다.

"그런 상황에서 제대로 수사가 이뤄질 거라고 기대하기는 힘들다. 너도 잘 알아 둬. 경찰은 정의를 지키는 집단이 아니야. 최소한 변호사는, 그렇게 생각하면 안 돼."

변호사는 거의 모든 사건을 경찰과 반대되는 입장에서 진행할 수밖에 없다.

아무래도 형사사건은 변호사에게 찾아오는 사람이 대부분 가해자인 데다, 설사 의뢰인이 피해자라 해도 경찰이 제대로 일하지 않아서 억울한 마음에 찾아오는 경우가 대부분이니까.

경찰과 변호사는 구조적으로 같이 갈 수도 없고, 같이 가도 문제가 심각한 그런 사이일 수밖에 없다.

"아마 대충 가짜 주소지에 찾아가서 둘러보고 가짜 주소지구나, 하고 끝내겠지."

"맞아. 주소지도 가짜고 계좌도 가짜래."

정확하게는 계좌에 돈이 들어오면 대부분을 현금으로 빼냈기에 추적도 불가능하다는 거다.

"출금도 한 곳에서만 한 게 아니라는데?"

그들이 챙긴 돈만 수십억이다. 당연히 그걸 한곳에서 한꺼번에 꺼내면 장소가 특정된다.

그래서 그들은 최대한 걸리지 않기 위해 사람을 동원해 여러 은행을 돌아다니며 조금씩 출금했기에 추적하는 건 불가능하다는 게 경찰의 공식적인 입장이었다.

"조사를 못하는 게 아니라 조사를 안 하는 거라니까."

노형진은 혀를 끌끌 차면서 자리에서 일어났다.

"오랜만에 오광훈 검사나 만나러 가자."

"오광훈 검사님? 그러고 보니 요즘 어떻게 지내신대?"

"승진 때문에 머리가 아픈 모양이더라고."

"헤에? 승진을 한다고? 오 검사님이?"

"이미 많이 늦었지."

사실 지금 실적으로 보면 부장검사를 달아도 벌써 오래전에 달았어야 정상이다.

하지만 오광훈이 워낙 반골 기질이 강한 데다가 덮으라는 사건도 자꾸 터트리는 바람에 위에서 승진시키지 않고 지금까지 버티고 있었다.

"오 검사님은 그런 데 신경 쓰지 않는 타입 아냐?"

"승진? 신경 안 쓰지. 하지만 자기를 건드리는 건 귀찮아하지."

"귀찮아한다니?"

"오광훈이가 자기를 건드리는 놈을 얌전히 놔두는 타입은 아니잖아?"

노형진은 씩 웃으며 말했다.

⚖

"오, 세영이 완전 다 컸네. 이제 시집가도 되지 않겠냐?"

"그러는 오 검사님은 요즘 어떻게 지내세요?"

"강도 새끼."

"크흠…… 강도라니. 아니, 난 크흠……."

노형진이 강도라고 한마디 하자 오광훈은 슬쩍 시선을 돌렸다.

"강도라기보다는 날강도가 더 어울리지 않나?"

"아니, 그래도 법적으로는 성인……."

"날강도 새끼."

"크흠, 그 말은 하지 말고. 그래서 왜 온 거야?"

애써 말을 돌리는 오광훈.

그런 그의 마음을 모르는 바가 아니었기에 노형진은 그냥 웃고 말았다.

"그냥 사건 좀 하나 같이하자고."

"뭔데?"

"쓰레기 무단 투기 사건."

"쓰레기?"

"그래. 경찰에서 영 수사를 안 하네."

"뭐, 그 새끼들이 그렇지."

오광훈도 이제는 연차가 차서 나름 유능한 검사로서 이름을 날리고 있다.

과거처럼 노형진의 도움 없이는 사건을 진행 못하는 상황이 아니었기에 수많은 사건을 해결했는데, 그 과정에서 필연적으로 경찰과 엮일 수밖에 없었다.

"그나저나 승진 문제가 있다면서요? 오 검사님은 그런 데 신경 쓰지 않았잖아요?"

"오 검사님이라……. 전에는 오빠라고 불러 줬던 것 같은데."

"여기에는 변호사로서 공적으로 온 거니까요."

"가서 자연이한테나 오빠라고 불러 달라고 해. 아니다, 이제는 아빠라고 불러야 하나?"

"아직은 아니거든!"

오광훈은 노형진이 백자연과 자꾸 엮자 눈을 찡그리면서 헛기침했다.

"아무튼 내가 승진에 욕심이 없기는 한데……."

하지만 그렇다고 해서 현실적으로 여기에서 멈출 수도 없었다.

"위에서 나를 꺼리는데 그렇다고 순번을 뒤집을 수는 없으니까 눈총을 주더라고."

"순번요?"

"아, 넌 잘 모르겠구나. 검찰에서 승진은 철저하게 기수제로 운영되거든."

그렇다고 해서 아래 기수가 위 기수보다 먼저 올라가지 못하는 건 아니다.

다만 아래에서 먼저 올라가는 경우 위 기수는 조용히 나가 주는 게 일종의 암묵적인 룰이라는 게 문제다.

"그런데 이 녀석은 그렇게는 안 되니까."

"왜요?"

"이 녀석 자르겠다고 하나 올렸는데 그 새끼를 광훈이가 감방에 넣었지, 아마?"

"아하! 그 영화에서 나왔던 그거구나."

"영화?"

"그거 있잖아, 대장을 죽인 사람한테 대장 하라고 하는."

"뭐, 비슷하기는 하지."

오광훈의 포지션은 애매하다.

정치적 사건을 담당하는 검사들은 무척이나 때려죽이고 싶어 하는 존재이지만, 진짜 검사로서 일하고자 하는 사람들에게는 진심으로 존경하는 선배다.

"전이라면 온갖 핑계로 잘라 냈을 사람이지."

그렇게 올바른 사람이라면 필연적으로 백이고 뭐고 없으니까.

"하지만 광훈이는 그렇게는 되지 않아."

어찌 되었건 오광훈은 새론과 손잡은 파벌의 소속이고, 심지어 수장급이다.

오광훈을 건드린다는 것은 곧 새론을 건드린다는 의미이니 그때는 노형진도 검사들에 대한 대대적인 공격에 들어갈 수밖에 없다.

"오광훈이 기존 규칙을 존중해서 알아서 나갈 인간도 아니고."

가장 큰 문제는 새론에서 가만있지 않을 거라는 거다.

"오광훈이 승진에 불만을 품지 않게 하려면 진짜 깨끗한 사람을 위로 올려야 하는데, 문제는 위에서 원하는 건 그런 사람이 아니라는 거거든."

정당하게 자기들의 말을 들어주면서 정치적으로도 눈치가 좀 있는 놈을 원하는데, 그런 놈은 위로 올라가는 순간 오광훈이 가족이고 뭐고 그냥 싹 다 털어서 잡아 처넣어 버리는 상황.

"이해가 가네."

"뭐, 언젠가는 해결되겠지. 그나저나 쓰레기 무단 투기라니, 고작 그걸 나랑 하자고? 그건 단순 경범죄잖아."

"양이 수백 톤 단위가 되면 이야기가 달라지지."

"수백 톤?"

의아해하는 오광훈에게 노형진은 상황을 설명했다.

설명을 모두 들은 오광훈은 고개를 끄덕거렸다.

"아, 그 짓거리?"

"너도 잘 아냐?"

"잘 알지. 물론 내가 해 본 적은 없지만."

말을 하다가 아차 싶었는지 서세영을 바라보는 오광훈.

하지만 다행히 서세영은 딱히 이상하게 느끼지 않는 눈치였다.

"검사가 그러면 큰일이죠."

"그, 그렇지?"

"뭐, 요즘은 경찰이나 검사가 성매매 업소를 운영하는 시절이기는 하지만."

"그러면 안 되지, 하하하하."

서세영의 말에 오광훈이 어색한 웃음을 터트렸다.

"뭐, 상황은 알겠어. 그런데 형사 놈들이 답 없다고 했다면서? 그런데 뭘 캐 보라고?"

"쓰레기를 버린 놈을 찾아야지."

"그러니까 못 찾는다면서?"

노형진은 그 말에 고개를 흔들었다.

확실히 쓰레기를 버린 놈 자체를 찾을 수는 없다.

"정확하게 말하자면, 못 찾는 건 버리도록 시킨 놈들이지."

"응?"

"그걸 설마 그놈들이 자기네들 두 손으로 가져다 버렸을까?"

그 순간 서세영은 그게 무슨 소리인지 바로 알아들었다.

"아, 그러네. 오빠 말대로 그걸 실어 나른 놈들이 있겠구나."

"그래. 그리고 그런 차량들은 흔하지 않거든. 정확하게는, 산업폐기물 같은 경우는 일하는 사람들이 한정되어 있지."

한국에는 온갖 특수 장비들이 있다. 트럭도 여러 종류가 있고 말이다.

그런데 그 트럭들이 과연 닥치는 대로 일할까?

아니다. 각자 정해진 포지션이 있다.

쓰레기를 버리던 차량으로 음식물을 옮길 수는 없다.

쓰레기를 버리는 용도로 허가된 차량들이 따로 있어서 정해진 규정에 따라 움직여야 하기 때문이다.

"그런 차량들은 한두 푼이 아니야. 대당 수억은 하지."

그런 차량들을 과연 조폭들이 직접 사서 운행할까?

그럴 리가 없다. 당연히 그걸 운행하는 운전사들이 외주를 받는다.

"그리고 그 대금은 아마 계좌 이체를 하지 않았을까 싶은데."

물론 그 돈을 준 계좌는 가짜 계좌일 것이다. 하지만 그 돈을 받은 운전사들의 계좌도 과연 대포용 가짜 계좌일까?

그럴 리가 없다. 보통은 자기 계좌로 받는다.

"그러니까 운전한 사람들을 조져 달라 이거지?"

"정확해. 애초에 그런 쓰레기를 버리는 사람들은 이런 법에 대해 잘 알거든."

산업 쓰레기를 취급하는 사람인 만큼 당연히 이런 산업 쓰레기는 절대 무단 투기하면 안 된다는 것쯤은 알고 있다.

그런데 그걸 평소에도 한 놈들이 있다는 소리다.

"그 말인즉슨 평소에도 그 쓰레기를 버린 놈들과 거래를 했다는 소리네?"

서세영은 탄성을 내질렀다.

쓰레기를 버린 차량에 대해서는 전혀 생각하지 못하고 있었으니까.

"대부분 그렇지, 경찰이든 사법경찰이든."

진짜 작심하고 뒤지면 못 잡지는 않는다.

하지만 대부분 내 일이 아니니까, 아니면 일 편하게 하려고 피해자에게 독박을 씌우는 게 버릇이 되어 버린 것이다.

조폭들이 수백 톤의 쓰레기를 리어카로 나를 리가 없음에도 불구하고 그런 당연한 조사 방법을 애써 모른 척한다.

과연 공권력이, 쓰레기를 버린 차량의 차주를 추적하는 것이 불가능할까?

사방에 CCTV가 설치되어 있고 그런 산업 쓰레기를 반출할 때는 모든 기록을 남기도록 되어 있는 한국에서?

"이거 생각보다 일이 커지겠네?"

"커지겠지. 이거 규격화되면 아마 전국에서 소송이 엄청나게 늘어날 거야."

지금까지 피해를 입은 수많은 사람들이, 그래서 자기 돈으로 쓰레기를 치워야 했던 피해자들이 과연 그냥 있을까?

"하긴, 오빠는 이런 걸 규격화하는 게 특기니까."

"뭐, 어렵지는 않겠네."

오광훈은 씩 하고 웃었다.

"한번 제대로 털어 볼까, 후후후."

노형진의 예상대로 그들에게 주는 돈은 대포계좌에서 나갔다.

하긴, 다른 계좌에 돈을 넣고 그곳에서 이체한다고 한들 그들이 자신들의 신분을 감출 수는 없었다.

왜냐하면 그런 폐기물 처리에 관련된 모든 규칙이 정해져 있기 때문이다.

폐기물 처리를 계약한 후에 아무 차량이나 동원해서 쓰레기를 가지고 갈 수는 없다.

쓰레기를 가지러 오는 차량의 차량 번호를 남겨 놔야 하며, 그 후에 차량에 실은 쓰레기를 버리러 폐기장에 갔을 때도 입고 차량의 번호를 남기게끔 되어 있다.

하지만 폐기 차량의 정보가 연동되지는 않기에, 폐기장으로 가지 않고 중간에 다른 곳으로 빠져나가 가져다 버린다고 해도 폐기장에서 그 사실을 알아차릴 수는 없다.

당연히 그 차량의 운전자들, 즉 현장에 쓰레기를 버린 사람들을 잡는 건 일도 아니었다.

"그래서, 왜 거기에 쓰레기를 버렸습니까?"

"저는 진짜 안 버렸다니까요!"

"그래요? 하지만 여기 기록에 따르면 그날 현장에서 쓰레기를 가지고 간 건 노종기 씨 당신인데?"

오광훈은 눈앞에 있는 남자를 다그쳤다.

노종기. 산업 쓰레기를 가져다 버리는 트럭을 10년째 운행하는 사람이다.

이런 차량들은 대부분 외주 형태로 운행되기 때문에 보통 장기간 일하는 사람들이 많다.

"아니, 저는 진짜 몰라요!"

"우리가 바보로 보여요? 당신 말이야, 대룡에서도 그렇고 조합에서도 그렇고, 기록이 다 남아 있다고."

더군다나 조합의 경우는 아예 차량을 자동으로 인식하는 프로그램이 깔려 있다 보니 아무리 그가 아니라고 주장해도 거기에 찍혀 있는 사진을 부정할 수는 없었다.

'큰일이다.'

노종기는 사실 수십 년간 몰래 쓰레기를 버리는 일을 해 왔다.

그의 입장에서도 법으로 정해진 곳보다는 몰래 다른 곳에 쓰레기를 갖다 버리는 게 더 남기 때문에 은근슬쩍 그렇게 해 왔다.

지금까지는 단 한 번도 그 일이 문제 된 적이 없었는데 검찰에서 자신을 부르다니.

"뭔가 오해가 있는 겁니다. 저는 진짜 폐기물 처리장에 버렸어요."

"장난해요? 당신 차량이 폐기물 처리장에 들어온 기록 자체가 없구만."

아무리 변명한다고 해도 사실이 뒤집어지지는 않는다.

"그게……."

"분명 폐기물을 가지고 갔는데 그 폐기물을 가져다 버린 흔적은 없다? 그렇다면 우리는 노종기 씨 당신을 이번 사건의 주범으로 의심할 수밖에 없는데 말이지."

"주…… 주범이라고요?"

"뭐, 조사해 봐야겠지만 현장에 버려진 쓰레기 치우는 데 족히 15억은 든다고 하던데."

오광훈은 혀를 끌끌 차며 말했다.

"당신 전 재산 팔아도 그거 나올지 모르겠어."

"뭐, 뭐라고요?"

물론 쓰레기를 거기다 가져다 버린 게 자신은 맞다. 그런데 그걸 치워야 한다니?

"그렇잖아요. 당신이 가지고 간 쓰레기가 우주 공간으로 날아갔다가 하늘에서 떨어진 것도 아니고, 이렇게 명백하게 김경도 씨 땅에 버려져 있는데 재판부에서 그걸 누가 가져다 버렸다고 생각하겠어요?"

그 말에 노종기는 침을 꼴깍 삼켰다.

"아니, 그건 제가 다 버린 게 아니라……."

"다른 사람은 이야기가 다르던데?"

"네?"

"다른 운전사들 말이야, 다들 당신이 주범이라고 하던데?"

물론 거짓말이다.

다른 운전사들은 노종기라는 존재 자체를 모른다. 애초에 접점도 없으니까.

하지만 이런 취조 과정에서 상대방을 압박하기 위해 거짓말을 하는 건 어느 정도 인정되는 일이다. 완벽하게 선의만으로는 사건을 해결할 수 없으니까.

"아닙니다. 저는 억울해요. 저는 진짜, 와, 미치겠네."

"그러면 누가 당신 트럭을 훔쳐다가 쓰레기를 열심히 가져다 버리고 다시 곱게 자기 자리에 가져다 놨다는 겁니까? 검찰이 바보로 보여요?"

오광훈의 말에 노종기는 할 말이 없었다.

오광훈의 말대로 이미 빼박인 상황이니까.

"공문서위조에 업무상배임에 사칭에, 이거 완전히 강력 범죄네."

혀를 끌끌 차면서 서류를 넘기는 오광훈.

그리고 죄목을 듣는 노종기는 심장이 벌렁거렸다.

물론 자신이 돈 좀 벌어 보겠다고 몰래 쓰레기를 가져다 버린 것은 사실이다. 하지만 자신은 주범이 아니다. 그냥 시키는 대로 했을 뿐.

"저는 진짜 아닙니다. 저는 억울해요. 저는 시키는 대로 한 것뿐입니다."

"아니, 당신이 했다던데? 다들 당신이 주범이라던데?"

"아니에요. 진짜예요. 저는 진짜로…… 그냥 소개받아서 한 것뿐이란 말입니다."

'역시 그러네.'

이런 쓰레기 무단 투기를 할 때 과연 아무나 데려다가 쓰레기를 가져다 버리라고 할까?

그럴 리가 없다.

산업 쓰레기를 버릴 수 있는 사람들은 최소한 무단 투기가 불법이라는 것 정도는 알기 때문이다.

즉, 이걸 해 줄 만한 사람을 알아야 하는데, 조폭이 그들을 일일이 찾을 수는 없다.

'결국 브로커가 있단 말이지.'

오광훈은 자신이 조폭이었기 때문에 누구보다 잘 안다, 브로커가 이런 일을 해 주는 사람들을 소개해 준다는 걸.

그래서 노형진의 부탁에 따라 몰아붙인 거다. 그의 입에서 브로커의 이름이 나오기를 바라며 말이다.

"저도…… 부탁받은 겁니다. 네, 진짜로 부탁…….'

"돈도 안 받고 이런 부탁을 들어줬다? 아니, 아까부터 정말 우리가 바보로 보여요?"

"아니, 쪼끔 사례는 받았지만 일단 부탁은…….'

우물쭈물 말하는 노종기.

"그래서, 누구에게 부탁받은 겁니까?"

"그건……."

그 말에 노종기는 잠깐 침묵을 지켰다.

"거봐, 말 못 하네. 그럼 어쩔 수 없죠. 정식으로 기소할게요."

오광훈은 당장이라도 뛰쳐나갈 것처럼 자리에서 벌떡 일어났다. 그러자 노종기가 화들짝 놀라 그를 만류했다.

"자, 잠깐만요! 진짜로 이런 걸 소개해 주는 사람이 있단말입니다."

"그래서 그게 누군데요?"

"그게 누구냐면……."

⚖

"허? 기가 막히네, 진짜."

브로커의 존재를 찾아낸 오광훈은 기가 막혔다.

"당신 말이야, 미쳤어? 양심이 있는 거야, 없는 거야?"

"……."

"이미 당신이 브로커라는 증언이 쌓이고 쌓였어."

"……."

"입 꾹 다물고 있으면 알아서 다 해결될 거라고 생각하면 큰 오산인데. 이거야 원, 요즘 공무원 새끼들이 간땡이가 부은 건 알고 있었지만 미쳤네, 진짜."

이것이법이다

그렇다. 이번 사건의 브로커는 다름 아닌 공무원, 그것도 이런 쓰레기 무단 투기를 잡아야 하는 사법경찰이었다.

그는 쓰레기 무단 투기를 조사하다가 이런 업계에서 일하는 놈들의 연락처를 얻는 데 성공했는데, 그 과정에서 어설프게 월급 조금만 받고 사법경찰로 일하느니 차라리 이런 놈들을 소개해 주고 돈을 받는 게 훨씬 이득이라는 생각을 해버린 것이다.

그래서 쓰레기를 버리는 놈들에게 차량을 소개해 주고 소개료를 두둑하게 받아 챙기고 있었던 것.

"와, 씨팔. 미쳤네."

얼마 전 서세영이 반쯤 농담 삼아 경찰이 성매매 업소 운영하는 시절이라고 말했는데, 그게 이렇게 현실이 될 줄은 몰랐다.

이런 쓰레기 투기 브로커가 담당 사법경찰일 거라고 누가 상상이나 했겠는가?

'어쩐지 깔끔하게 꼬리 말더라.'

브로커가 사법경찰이니 당연히 조사법이나 추적 방법에 대해 누구보다 잘 알고 있었을 테고, 그러니 범죄자들이 꼬리를 마는 것도 쉬웠을 거다.

"이봐요, 오양기 씨. 말을 해. 입 닥치고 있는다고 문제가 해결되는 건 아니라고 했잖아."

"그…… 검사님, 한 번만 봐주시면 안 될까요? 제가 진짜

착하게 살겠습니다."

"지랄하네. 지금 네놈이 버린 쓰레기가 얼마나 되는지나 알고 그딴 헛소리를 하는 거야?"

오양기는 전국적으로 브로커 노릇을 하면서 불법적으로 쓰레기를 가져다 버리도록 유도했다.

그 쓰레기의 양이 족히 수천 톤은 되는 상황.

당연하게도 대부분 땅 주인들은 억울하게 사비를 들여 그 쓰레기들을 치워야 했다.

그중에는 심지어 쓰레기를 치울 돈이 없어서 전 재산을 압류당한 경우도 있었다.

"그런데 뭐? 봐 달라고?"

"한 번만 봐주십시오, 검사님. 같은 오씨니까 한 번만 봐주시면⋯⋯."

"지랄을 한다, 아주. 같은 오씨? 넌 오씨 가문의 수치야."

매달릴 게 없으니까 같은 성씨라는 것에까지 매달려 가면서 비는 오양기.

하지만 오광훈은 그런 말도 안 되는 소리에 넘어갈 사람이 아니었다.

"개소리하지 말고."

오광훈은 오양기에게 짜증스럽게 말했다.

"여기 김경도 씨 땅에 쓰레기 버린 건 어떤 새끼야?"

"거⋯⋯ 검사님, 그거 말하면 저 죽습니다."

"말 안 하면 넌 내 손에 죽어."

"제발 한 번만…… 한 번만 봐주시면……."

"봐주긴 뭘 봐줘? 너 진짜 한번 유명해져 볼래? 어? 기자들 불러다가 기자회견 한번 할까?"

그 말에 오양기는 사색이 되었다.

실제로 오광훈은 몇 번이나 그런 짓을 했다.

더군다나 이런 쓰레기 투기는 매년 이슈가 되는 심각한 범죄.

그 범죄의 특징상 피해자가 완전히 망할 수밖에 없다 보니 원한을 품은 사람도 많았다.

"그래서 누구야? 어?"

"그게……."

"말하기 싫어? 뭐, 어쩔 수 없지. 그래, 기자회견 한번 하자. 나도 요즘 왠지 피부가 **빡빡한** 것 같으니 오랜만에 카메라 마사지 좀 받아 봐야겠어."

그 말에 오양기는 고개를 푹 숙였다. 더 이상 물러날 곳이 없었다.

⚖️

"자칭 북태양파라고 하는 놈들이래."

"북태양파?"

"그래. 여죄도 추궁 중인데 더 나올 것 같다."

노형진을 찾아온 오광훈은 현재 사건에 대해 설명하기 시작했다.

"뭐, 그거 말고도 연관된 놈들이 한둘이 아니기는 한데, 일단 김경도 씨 사건의 경우는 북태양파라고 하는 놈들이 저지른 게 확실한 모양이야. 원래 그 일을 하던 놈이 다른 조직에 속해 있었는데, 그 조직이 와해되면서 북태양파로 넘어간 모양이더라고."

"그러면 이제 거의 범인을 잡은 거네요?"

얼굴이 환해지는 서세영이었다.

지금까지의 이 모든 사건들이 범인을 잡지 못해서 벌어진 일이 아니던가? 그런데 이제 범인이 특정되었으니 그들을 잡아넣고 책임을 물으면 되는 것이리라, 그녀는 그렇게 생각했다.

"아니, 이건 그냥 준비만 한 거고 사실 변호사로서 할 일은 지금부터 시작이지."

"응? 오빠, 그게 무슨 소리야? 범인 잡았잖아?"

"범인을 잡는 건 엄밀하게 말하면 우리 일이 아니야. 검찰이나 경찰의 일이지."

"하지만 잡았다면 책임을 물으면 되잖아?"

서세영은 상황을 이해하기가 어려워 되물었다.

그러자 그런 서세영에게 오광훈이 고개를 흔들면서 설명

해 줬다.

"그 새끼들이 그걸 치우겠냐?"

"네?"

"안 치워. 그 새끼들은 모른 척할 게 뻔하다고. 조폭이 왜 조폭인데? 그 새끼들이 법을 지키겠어?"

"광훈이 말이 맞아. 분명 그놈들은 배 째라고 나올 거다."

문제는 거기서부터 발생한다.

"애초에 말이야, 쓰레기를 버린 범인을 잡은 게 이번이 처음은 아니거든."

대부분의 경우 쓰레기를 버린 범인을 못 잡기는 하지만 아주 드물게 잡은 적도 있었다.

그런데 그 사람에게 쓰레기를 치우라고 하면 과연 치울까?

절대로 치우지 않는다.

어차피 막 나가는 인생이고, 쓰레기를 치우든 안 치우든 형량은 그다지 큰 차이가 없다.

쓰레기를 치워 봤자 돈은 돈대로 날리고 교도소는 교도소대로 갔다 와야 한다.

그래서 걸린다고 해도 대부분의 조직폭력배들은 배 째라고 모른 척하는 게 일반적이다.

"그러면 말이야, 정부에서는 어떻게 하겠어?"

"어…… 설마?"

"그래, 그 설마가 맞아."

당연하게도 다시 땅 주인에게 치우라고 명령한다.

그리고 땅 주인이 돈이 없어서 못 치운다?

그러면 정부에서 치우고 그 비용을 땅 주인에게 청구한다.

"아니, 가해자가 있잖아요? 그러면 가해자에게 청구해야 하는 게 정상 아니에요?"

"일단 법률의 시스템이 그렇게 되어 있지 않아."

웃기지만 이 사건에서 정부와 당사자 관계인 것은 땅 주인인 김경도지 조폭인 북태양파가 아니다.

그래서 법적으로 보면 김경도가 북태양파를 대신해서 땅에 버려진 쓰레기를 치우고, 그 후에 북태양파에 구상권을 청구해서 그 비용을 받아 내는 구도로 되어 있다.

"하지만 이렇게 해결될 리가 없지."

그건 노형진도, 심지어 오광훈도 안다.

"그 새끼들이 미쳤다고 그 돈을 토해 내겠어?"

이런 죄는 기껏해 봐야 형량은 3년 정도. 돈 들여서 쓰레기를 다 치워서 깎인다 해도 절반 정도.

"차라리 교도소에서 시간 좀 보내다 나와서 편하게 살겠다는 생각을 하는 게 범죄자다. 그놈들이 다른 사람들처럼 처벌을 면하기 위해 피해를 복구할 거라고 생각하면 안 돼."

"그런……."

"넌 아직 세상을 모르니까 많이 배워야겠다."

히죽 웃는 오광훈의 말에 서세영은 눈을 찡그렸다. 그 말은 결국 한 가지 의미로 귀결되기 때문이다.

"그러니까, 피해자가 조폭들에게 손해배상을 청구한다고 해도 그 새끼들이 주지 않는다면, 범인을 잡아도 결국 피해자가 몽땅 독박을 써야 한다는 뜻이에요?"

"그렇지. 그게 가장 문제야."

가장 좋은 방법은 정부에서 쓰레기를 치운 후에 쓰레기를 무단 투기한 조폭에게 구상권을 청구해 비용을 받아 내는 거다.

아무리 조폭이라고 해도 국가의 공권력에 저항하는 데에는 한계가 있으니까.

"하지만 이 일을 담당하는 지방자치단체가 그렇게 할 리가 없다는 게 문제지."

일단 법적으로도 애매하다.

분명 가해자이기는 하지만 그 쓰레기를 버린 후에 치워야 하는 사람인가에 대해서는 법률적인 해석이 없으니까.

그래서 현재 법률은 피해자인 땅 주인에게 그 책임을 묻고 있다.

"설사 그 책임을 묻는다고 해도 말이지, 과연 지방자치단체의 공무원들이 위험부담을 감수하면서까지 구상권을 청구할까?"

"아…… 그건 힘들겠지?"

"그래. 매년 정부에서 구상권을 청구하지 못해서 날리는 돈이 수천억이 넘는 걸 생각하면 아무래도 무리겠지."

　정부에서 구상권을 청구해야 하는 경우는 생각보다 많다.

　공무원이 고의적으로 일을 하지 않거나 범죄를 저질러서 이득을 취한 경우 분명 정부에서는 구상권을 청구해서 그 돈을 돌려받고 세금을 아껴야 하지만, 실제로 공무원에게 구상권을 청구해서 횡령한 세금을 돌려받는 경우는 극히 드물다.

　예를 들어 선거에서 누군가 불법행위를 하거나 법에서 정한 규칙을 위반해서 국회의원의 자리를 박탈당했다면?

　엄밀하게 말하면 정부는 그 사람에게 구상권을 청구해서 선거에 들어간 비용과 보궐선거 비용까지 내도록 해야 한다.

　그의 개인적 범죄라면 선거와 상관없는 문제인 만큼 그에게 보궐선거 비용을 물으라고 할 이유가 없겠지만, 선거의 시작 단계부터 불법을 저질렀다면 당연히 그 돈을 배상하도록 해야 한다.

　"하지만 단 한 번도 그런 일은 없었지."

　선거 기간 중 유권자들에게 돈을 뿌리거나 허위 사실을 유포하거나 자신의 전과나 재산에 대해 거짓말하는 등 온갖 범죄로 국회의원의 자격이 박탈당한 사람들은 넘쳐 나지만, 정부에서 그들에게 구상권을 청구한 경우는 단 한 번도 없다.

　"정부도 알거든, 그 새끼들한테 돈을 받아 내는 게 위험하고 힘들다는 걸."

그러니까 어려운 일은 국민에게 떠넘기고 자신들은 쉽고 편하게 일하겠다는 것.

"뭐야. 그러면 지금까지 뻘짓을 한 거잖아?"

"그건 아니지."

"왜?"

"지금까지 판례가 없는 일이잖아. 그러니까 그에 대한 소송을 해야지. 너도 알지, 행정소송이라는 건 정부의 부작위에 대해서도 할 수 있다는 거?"

"아, 그랬지."

지금까지 구상권 청구의 부작위에 관해서는 소송이 진행된 적이 단 한 번도 없다.

당사자가 굳이 소송할 이유가 없었던 데다가, 피해자 입장에서 대부분의 구상권 청구는 쓸데없는 돈만 들어가는 일이기 때문이다.

예를 들어 선거에 대한 구상권을 청구할 경우 청구해야 하는 사람은 투표인단이 되어야 한다.

그러나 자비를 들여 가면서 구상권에 대한 소송을 하기에는 돈도 많이 들고, 결정적으로 그 문제로 소송을 걸면 정치인을, 더 나아가서는 그 정당을 상대로 선전포고를 하는 것이나 마찬가지인지라 누구도 건드리지 못하는 게 현실.

공무원도 마찬가지.

공무원이 예산을 들고 도망가거나 도박해서 날렸다고 해

도, 끼리끼리 문화가 워낙 강하다 보니 그에 따른 구상권 청구를 하지 않는 게 일반적이다.

그걸 하도록 해야 하는 국민들은 그들이 범죄를 저질렀다는 것에 대해서는 분노할지언정 그 사건 이후에 손실된 돈이 제대로 회수되었는지에 대해서는 신경을 쓰지 않으니까.

"하지만 이번 경우는 좀 다르지."

"아, 그렇겠네."

이 사건에서 구상권 청구가 이루어지지 않는다면 그 손실은 그대로 김경도가 뒤집어쓰게 되어 있다.

"그러니까 우리가 해야 하는 건 구상권 청구를 하도록 강제하는 거지."

그게 변호사로서 노형진이 해 줄 수 있는 최선이었다.

⚖

조강도의 조직이 특정된 이상 그들을 잡는 건 어려운 일이 아니었다.

영장을 받은 오광훈은 수사 팀을 데리고 바로 조강도의 조직을 털어 버렸다.

"튀어, 씨팔!"

조직이라고 해 봐야 수가 열세 명 정도 되는 작은 규모였다. 그랬기에 갑작스러운 오광훈의 기습에 저항할 방법은 없었다.

거기까지는 쉬웠다.

어차피 증거도, 그와 계약했거나 알아보는 사람이 많았기에 그들이 범인임을 확정하는 건 어렵지 않았다.

"예상대로야."

하지만 노형진의 예상대로 그들은 돈이 없다고 딱 잡아떼고 있었다.

"얼마나 되는데?"

"대략 35억."

"많이도 해 처먹었네."

노형진의 예상대로 피해자는 김경도만이 아니었다. 김경도 말고 두 명이 더 있었다.

심지어 관리되지 않는 국유지에까지 어마어마한 양의 쓰레기를 버린 상태였다.

쓰레기의 총량이 천 톤 단위를 훌쩍 넘어가는 상황.

"그런데 돈이 없다?"

"없다고, 배 째라고 하겠지. 출소한 후에 그걸로 먹고살 생각일 테니까."

"돈을 어디에 숨겨 놨는지 알 수 있는 방법은 없겠지?"

"뭐, 뻔하지. 그놈들이 순순히 말할 리도 없고……."

어깨를 으쓱하는 오광훈.

"일단 저놈들한테서 돈을 받아 내는 건 글러 먹은 것 같다."

"애초에 그건 기대도 안 해."

중요한 건 피해자에게 책임을 뒤집어씌우는 걸 막는 거다.

"그러니까 일단은 저 새끼들 재산부터 압류해야지."

"압류? 개털이라니까."

"물론 개털이겠지. 하지만 그건 어디까지나 아랫놈들이지 윗놈은 아니잖아?"

"아니, 윗놈이 안 줄 거라니까."

"걱정하지 마. 압류 대상은 윗놈이 아니라 아랫놈이니까, 후후후."

⚖️

조폭이라는 조직은 철저하게 상명하복을 요구한다.

즉 그들은 절대로 공정하지도, 평등하지도 않다.

당연하게도 번 돈은 모두 위에서 관리하고 자기들끼리 다 처먹는다.

그렇다 보니 위로 올라가면 자신들도 다 해 처먹을 수 있다는 게 조폭들의 기본 생각이었고, 실제로 그러한 마인드로 버티는 사람들이 제법 많았다.

'하지만 조직이 와해되기 시작한다면…… 버티지 못하겠지.'

이것이 법이다

위에 충성을 다하면 아랫사람의 생계를 유지해 주는 것이 바로 조폭들의 의리라는 거다.

그 생계라는 게 기껏해야 매 끼니 라면이나 짜장면을 먹는 정도라고는 하지만 말이다.

조폭들은 아랫사람들에게는 절대 돈을 쓰지 않는다.

오죽하면 최하위 계급, 즉 칼빵 맞는 놈들을 살찌우느라 밥이나 라면 대신에 돼지 사료를 먹인다는 소리가 나오겠는가?

당연히 그런 생리를 조폭들이 모를 리가 없다.

"어쩌냐. 너희 두목이 너희들한테 독박 씌우고 튈 모양인데."

"헛소리하지 마, 이 짭새 새끼야!"

호기롭게 외치는 부하.

하지만 오광훈은 그 안에 숨겨진 두려움을 알고 있었다.

'나도 그런 꼴을 당했는데 너희라고 다를까?'

오광훈이라고 처음부터 두목이었을까?

아니다. 아래에서 시키는 대로 하는 시절이 있었으나 선을 넘는 두목을 제치면서 위로 올라갔다.

'멍청했지.'

애초에 윗선이 사라지지 않으면 위로 올라가지 못한다. 그리고 그 윗선이 행복하게 은퇴해서 나가는 경우는 조폭의 세계에선 없다.

윗선이 사라졌다는 건 세 가지 상황 중 하나다.

감옥에 가거나, 누군가에게 담가지거나, 파워에서 밀려 병신이 되어서 조직에서 나가거나.

　조폭들은 그 와중에도 희망을 가지고 살아간다.

　'나는 저렇게 안 될 거야, 나는 승리해서 두목이 될 거다.'라고 말이다.

　하지만 조직이 실시간으로 와해되는 지금 이 순간에도 과연 그 희망이 작동할까?

　"얀마, 넌 바보냐?"

　"뭐? 바보?"

　"그래. 조직이 와해된 후에도 조강도 그 새끼가 너희들을 먹여 살려 줄 것 같아?"

　"헛소리! 나는 형님을 배신하지 않아!"

　"아, 거참……."

　의리를 지키려고 강경하게 외치는 조직원.

　그러나 애석하게도 한때 조폭이었기에 그걸 깨트리는 방법을 누구보다 잘 아는 게 바로 오광훈이었다.

　"그게 아니라 말이다, 너희가 번 돈, 조강도가 다 가져갔지? 너희가 그 더러운 쓰레기들을 다 가져다 버려서 번 돈 말이야."

　"……."

　"뭐, 말하지 않는다고 해서 진실이 바뀌는 것도 아니고. 중요한 건 그걸 조강도가 감춰 두고 토해 내지 않을 거라는 거다. 출소 후에 너희들 건사하는 거? 병신이냐, 조직도 날아간 마당에 조강도가 너희를 챙겨 주게?"

오광훈의 말에 조직원은 솔직히 흔들릴 수밖에 없었다.

"그렇잖아도 피해자가 너한테 민사소송을 한다고 하더라."

"하라지."

물론 민사소송 따위 무서울 게 없다. 재판에서 진다고 해도 안 주면 그만이니까.

"그래, 너희도 안 주면 그만이라고 생각하겠지. 하지만 그러면 뭐로 먹고살게?"

"응?"

"너 지금 머릿속에서 그렇게 생각할 거 아냐? '민사소송 당해도 괜찮다. 어차피 형님이 날 먹여 살려 주겠지.'라고. 조강도가 미쳤냐고. 너 같으면 빚이 수십억씩 되는 애들을 데리고 뭘 할 건데?"

피식하고 비웃음을 날리는 오광훈.

"툭 까고 말해서 너희한테 일을 시킬 수도 없고, 그렇다고 조직을 새로 만들 수도 없잖아?"

일을 시키고 돈을 준다 해도 판결 때문에 어차피 모조리 다시 빼앗길 뿐이다. 당연히 조강도의 입장에서는 아무 의미가 없다.

새로운 조직? 그것도 불가능하다.

일단 폭처법상 형량도 긴 데다가 그렇게 출소하고 나면 경찰의 집중 감시 대상이 되기 때문이다.

그러니 다시 조직을 만들고 똑같은 짓을 할 경우 이번처럼 운 좋게 오래 버틸 수가 없다. 이미 눈에 불을 켜고 감시하고 있을 테니까.

경찰들이 사건이 터지면 일단 동종 전과가 있는 놈들을 뒤지는 데에는 다 이유가 있다.

"그렇다고 너희 형님이라는 작자가 사업하면 그 아래에서 무급으로 일할래?"

일을 해서 돈을 받아 봤자 소용이 없다. 어차피 빼앗길 돈이니까.

결국 월급도 못 받고, 약간의 용돈과 먹여 주고 재워 주는 것만도 감지덕지하면서 죽어라 일해야 한다.

"물론 그 대신에 너희 형님은 돈 많이 벌겠지."

인건비가 나가지 않으니 그만큼 조강도는 엄청나게 돈을 벌 테고 조직원들은 점점 가난해질 거다.

"우리는 그걸 노예라고 부르기로 합의했단다."

"노예?"

"그래, 노예. 지금 상황을 봐. 너희가 진짜 노예가 아니냐?"

돈도 못 받으면서 그저 먹여 주고 재워 줘서 감사하다고 고개를 숙이며, 그를 위해 감옥까지 가는 그런 인생들.

오광훈의 말을 듣던 부하는 정신이 아득해졌다.

"넌 노예야, 인마."

다시 한번 쐐기를 박는 오광훈의 말이 그의 정신을 무너트렸다.

"지분 싸움이라니. 난 진짜 생각도 못 했어요."

서세영은 솔직히 놀랐다.

사실 노형진이 조폭을 무너트린 거야 한두 번이 아니다.

그때마다 아래를 자극해서 위를 무너트렸다. 그게 효과가 좋으니까.

하지만 이번에는 다른 점이 있었으니, 그건 바로 지분을 가지고 서로 싸우게 만든 것이었다.

"위에서 다 처먹은 게 사실이니까."

그리고 그러한 상황에서 조직원들이 요구할 수 있는 건 그들이 살기 위한 돈, 즉 '지분'이다.

물론 그걸 위에서 순순히 줄 리가 없다.

"하지만 그걸로 충분한 증거가 되지."

분명 저놈들은 모른다고 하면서 배 째라고 나올 게 뻔했다.

하지만 이제는 아니다.

서로 쓰레기를 무단 투기한 것에 대한 책임을 묻고 그로 인해 벌어들인 수익의 지분을 요구하기 시작한 이상 확실하게 그들이 버렸다는 증거가 되는 셈.

"그리고 이걸 기반으로 정부에 책임을 묻는 거지."

노형진은 씩 하고 웃으며 말했다.

⚖️

행정소송.

사람들은 보통 소송이라고 하면 형사와 민사만 생각하는데 그 외에도 크게 가정과 행정 소송이 있다.

가정소송은 말 그대로 가정에서 벌어지는 일에 대해 판단하는 재판으로, 이혼이 대표적이다.

그리고 행정소송은 정부나 지방자치단체를 대상으로 하는 소송이다.

당연히 그런 소송은 기본적으로 불리할 수밖에 없다.

일단 행정소송의 상대방이 정부이다 보니 은근슬쩍 재판부가 편들어 주는 경우가 대부분이기 때문이다.

그렇다 보니 내가 아무리 억울하다고 해도 정부를 대상으로 소송을 걸기 위해서는 충분한 증거가 확보되어야 한다.

그리고 이번에는 충분한 책임을 물을 정도로 증거가 확보되었다.

조직원들이 자기들의 책임을 낮추고 돈을 받아 내기 위해 조강도가 저지른 일에 대해 너도나도 증언했으니까.

그랬기에 행정소송을 거는 건 불가능한 일이 아니었다.

당연하게도 지방자치단체 입장에서는 생각지도 못한 일이 벌어진 셈이었다.

"재판장님, 김경도 씨의 토지에 쓰레기가 무단 투기된 사건의 경우 범인이 이미 잡혀 있습니다. 피해자인 김경도 씨는 이번 사건과 관련하여 토지의 임대 또는 사용 승낙 등 어떠한 허락도 범인들에게 한 적이 없습니다. 그럼에도 불구하고 지방자치단체에서는 피해자인 김경도 씨에게 일방적으로 원상 복구 명령을 내린 상태입니다. 이는 명백하게 부당한 행동이라 할 수 있습니다."

김경도가 노형진에게 찾아온 시점에 이미 원상 복구 명령이 내려진 상황이었기에 행정소송을 하는 데에는 전혀 문제가 없었다.

"더군다나 그 당시 이 사건을 담당하던 사법경찰은 아예 사건에 대한 어떠한 조사도 하지 않았습니다."

그리고 노형진이 이미 가지고 있던 관련 자료까지 제출하자, 그걸 살펴본 상대측 변호사는 곤혹스러운 얼굴이 될 수밖에 없었다.

'그러겠지.'

변호사가 아무리 유능하다고 해도 이미 벌어진 일을 조작할 수는 없다.

실제로 그 당시에 공무원이 일을 제대로 하지 않은 게 사실이니까.

"흠, 피고 측. 이 건에 대해 의견 있습니까?"

"재판장님, 그 당시에 담당 공무원은 과도한 업무로 인해 실수로……."

"무려 15억짜리 사건입니다. 그걸 처리하는데 실수해서 이런 상황을 초래한 거라면 평소에 얼마나 무능할지 상상도 못 하겠군요."

노형진은 그렇게 말하고는 고개를 돌려서 기자들을 바라보았다.

'기자들도 관심이 많겠지.'

그도 그럴 게 이런 사건은 수십 년간 계속 벌어져 왔지만 정부에서 제대로 해결한 경우는 손에 꼽을 정도이기 때문이다.

그나마 국유지의 경우는 악착같이 범인을 찾아내지만, 피해자가 제3자인 경우에는 원상 복구 명령을 내린 후에 쓰레기를 못 치우면 정부가 직접 피해자에게 구상권을 청구하는 게 일반적이었다.

그런데 지금은 진범이 잡힌 상황.

과연 이 재판이 어떻게 될지, 기자들이 관심이 없을 리가 없었다.

"무능해서가 아니라 다른 시급한 일이 있다 보니 우선순위에서 밀린 것뿐입니다."

"재판장님, 사법경찰이란 미처 경찰이 담당하지 못하는 영역에 대해 우선권을 가지고 수사하는 직위입니다. 그런 사람이 이 사건보다 급한 게 뭐가 있습니까?"

사실 이 사법경찰 시스템에 허점이 없는 건 아니다.

엄밀하게 말하면 사법경찰은 겸직이다.

즉, 사법경찰이라는 부서가 따로 있는 게 아니라 기존 공무원에게 사법경찰의 업무를 맡기는 형태다.

당연하게도 그렇게 수사권을 받는다고 해서 수사할 능력이 생기는 건 아니다.

그러나 수사할 능력이 되든 안 되든 사법경찰로서의 업무가 우선시되는 건 당연한 일.

'돌겠네.'

그렇다면, 사법경찰이 되면 지방자치단체에서 그가 수사나 조사를 할 수 있게 두는가?

아니다. 기존 업무는 그대로 진행하면서 동시에 사법경찰 업무도 하라고 한다.

그렇다 보니 거의 대부분의 사법경찰은 존재감 자체가 아예 없다.

세무나 특수한 경우를 제외한 사법경찰들은 결국 원업무에 매달려야 하니까.

"하지만 사법경찰은 말 그대로 특수직입니다. 즉, 일반적인 업무에 비해 우선권을 가지고 집행해야 하는 일이라는 소리입니다. 그런데 피고 측은 사법경찰로서 어떠한 업무도 하지 않았습니다."

예를 들어 경찰이 청와대에 파견되었다고 치자.

그런 경우 그의 업무는 청와대 경호다.

물론 지나가다가 범인이나 범죄 현장을 발견했을 때에도 절대 제압하고 체포하지 말라는 건 아니다. 그런 일은 기본적으로 경찰의 업무 영역에 들어가 있으니까.

다만 우선되는 업무가 경호라는 거다.

사법경찰도 마찬가지.

지방자치단체의 사정이나 업무와는 상관없이, 일단 사법경찰이 되면 사법경찰로서의 업무가 우선시되어야 한다.

하지만 기존의 지방자치단체는 피해자들은 나 몰라라 하고 자기들 업무를 계속 가져다 맡기면서 일을 시켰다.

사법경찰을 제대로 운영하려면 다른 사람들에게 부담이 가중된다면서 말이다.

"확실히 사법경찰에 관한 법률은 다른 업무에 비해 특별법적인 위치에 있습니다."

법률은 보다 보면 비슷한 범죄가 겹치는 경우가 있다.

예를 들어 형법의 상해와 특정범죄가중처벌법 같은 거 말이다.

이 상황에서 특정 범죄가 양쪽 모두에 해당된다면 특별법이 우선 적용된다.

하지만 그걸 지키지 않는 경우가 일반적이기는 하다.

친하다고 봐주거나 뇌물을 받고 봐주는 것이다.

과거에 국정원에서 간첩 사건을 조작했던 당시, 법에는 분명 간첩 사건을 조작하면 간첩죄와 동일하게 처벌하도록 되어 있었지만 정부에서는 공문서위조만을 적용하고 제대로 처벌하지 않은 것이 그 예다.

"음……."

문제는 일개 공무원까지 그런 식으로 보호하기에는 정치적 부담이 너무 크다는 것이다.

그런데 가장 큰 문제는 따로 있었다.

"더군다나 현재 조사 결과 이 쓰레기 무단 투기 업자들에게 그 쓰레기를 버리도록 소개해 준 브로커가 다름 아닌 환경을 담당하는 공무원이라고 합니다. 과연 그와 기존 공무원과의 유착 관계에 대해 의심하지 않을 수 있을까요?"

노형진의 말에 상대방 변호사는 긴 한숨만 나왔다.

'대체 이걸 어떻게 이기라는 거야?'

불리하기 그지없다.

일단 일을 제대로 하지 않은 것도 사실이고, 그들을 소개해 준 것 역시 사실이다.

그리고 그 과정에서 피해자에게 독박을 씌우려고 한 것 역시 사실이다.

"그리고 재판장님, 이 상황에서 저희는 한 가지 의문을 가질 수밖에 없습니다."

"의문이라고 하면?"

"과연 쓰레기를 버릴 공간, 즉 김경도 씨의 땅을 어떻게 알았느냐는 거죠."

노형진은 차가운 목소리로 말하면서 기자들을 돌아보았다.

그가 지금 여기서 말하는 주된 상대는 사실 변호사나 판사가 아니었다. 뒤에서 눈을 빛내고 있는 기자들이지.

"쓰레기를 버리기 위해서는 까다로운 조건이 수반되어야 합니다."

첫 번째, 도로에서 그 땅이 보이면 안 된다. 그랬다가는 바로 신고가 들어갈 테니까.

두 번째, 주변에 왕래도 별로 없어야 한다. 그것도 신고를 피하기 위해서다.

세 번째, 땅 주인이 그곳을 관리하지 않고 방치하고 있어야 한다.

마지막으로 네 번째, 그곳으로 들어갈 수 있는 도로가 있어야 한다. 소로 정도로는 안 된다. 쓰레기차가 진입해서 쓰레기를 버리고 와야 하는 만큼 도로는 상당히 큰 규모여야 한다.

"과연 그걸 아는 사람이 누굴까요?"

"그건……."

"그 사실을 알고 관리하는 건 과연 누구일까요?"

당연히 공무원이다. 사법경찰로서 그런 걸 확인하는 게 그들의 업무니까.

"그런 땅이 있다는 걸 알려 준 게 과연 누구인지, 수사해야 한다고 생각합니다."

물론 그 과정에서 지방자치단체는 영혼까지 털릴 거다.

"만일 실제로 지방자치단체에서 그 땅을 소개해 주고 브로커를 통해 쓰레기를 버릴 수 있게 알선해 주고 이후 수사도 제대로 하지 않은 거라면, 그들이 피해자에게 원상 복구 명령을 내리는 것은 사실상 범인이 범죄에 대한 책임을 피해자에게 뒤집어씌우는 것이 아닐까요?"

노형진의 말에 판사는 자신도 모르게 고개를 끄덕거렸고, 상대방 변호사는 어쩔 수 없다는 듯 고개를 푹 숙였다.

⚖

"어우, 냄새."

결국 법원에서는 구상권의 청구를 피해자인 땅 주인이 아닌 범인인 가해자에게 하도록 판결을 내렸다.

지방자치단체에서는 절대로 안 된다며 버티려 했지만 언론에서 그걸 물어뜯으면서 사실 쓰레기 무단 투기의 배후에는 부패한 지방자치단체가 있었다는 식으로 보도하자 더는 버틸 수가 없었다.

"이걸 치우는 건 쉽지 않지."

땅을 가득 채우고 있던 쓰레기의 산.

안쪽 깊은 곳은 이미 썩어 문드러지고 있었고, 풍겨 오는 냄새는 실로 어마어마했다.

"감사합니다. 덕분에 살았습니다."

알지도 못하던 쓰레기 독박을 뒤집어쓰고 망할 뻔한 김경도는 노형진의 손을 잡고 눈물을 흘렸다.

"별말씀을요. 어차피 한 번은 해야 하는 일이었습니다. 뭐, 게다가 재판 이후로 사건이 몰려와서 저희도 손해는 아닙니다, 하하하."

전국에서 수십 년간 계속 피해자가 발생해 왔다.

그동안 경찰도, 지방자치단체도 계속 모른 척해 왔던 사건.

그러나 이번에 노형진 덕에 사건이 해결되고 그 책임을 정부에서 지도록 법원의 결정이 나면서 이런 사건이 새론으로 몰려들고 있었다.

"다만 아직 재판은 끝나지 않았습니다."

"안 끝났다니? 오빠, 그게 무슨 말이야? 이겼잖아? 설마 구상권 소송까지 우리가 해 주려고?"

"우리한테 일을 맡기겠냐?"

아마도 지방자치단체에서는 절대로 새론에 일을 맡기지 않을 거다.

　"아직 침출수 문제가 남았잖아."

　"침출수?"

　"오염된 토양도 심각한 문제거든."

　침출수, 즉 쓰레기에서 흘러나온 오염수가 이 지역의 땅을 오염시킨 상태라 땅의 상태를 원래대로 되돌려야 했다.

　"아마 구청에서는 쓰레기만 슬쩍 치우고 땅은 원상 복구하지 않겠지."

　"아……."

　"그러니 그것도 해 달라고 해야지."

　"끝이 없네."

　서세영은 쓰게 웃었고 노형진은 씁쓸하게 말했다.

　"그런 게 세상이니까."

　노형진은 그렇게 말하면서 멀리 나가는 쓰레기 차량을 물끄러미 바라보았다.

새 술은 새 포대에

세상을 바꾸는 건 쉬운 일이 아니다.

누군가는 좋은 쪽으로 바꾸려고 노력하지만 다른 누군가
는 나쁜 쪽으로 바꾸려고 노력한다.

상식적인 사람이라면 왜 세상을 나쁘게 바꾸느냐며 궁금
해할 것이다.

그건 그들에게는 돈이 되기 때문이다.

그리고 그런 자들이 가장 막고 싶어 하는 사람은 다름 아
닌 송정한이었다.

박기훈에게 레임덕이 오자 속속 대선을 위해 달려가는 자
들이 나오기 시작했는데, 현재 대선 후보 중에서 가장 지명
도가 높은 게 바로 송정한이었기 때문이다.

"이번에는 또 뭔 일이랍니까? 어설픈 짓거리는 하지 말라고 제가 지난번에 충분히 경고한 것 같은데요?"

노형진은 송정한의 부름에 고개를 갸웃하면서 달려왔다.

지난번에 송정한을 날려 버리기 위해 그의 가족들을 건드리려고 하던 검찰을 날려 버린 후로 누구도 선거를 이용해서 장난치지 못하고 있으니까.

"맞네. 자네 덕분에 이번 선거는 역대급으로 깨끗한 선거가 될 거야. 물론 내가 거기까지 진출한다면 말이지."

쓰게 웃는 송정한.

"다만 요즘 주변에서 우려스러운 말이 나오고 있어서."

"이번에는 또 누굽니까? 검찰? 법원? 아니면 경찰? 설마 어디 대기업인가요?"

노형진은 솔직히 말도 안 된다고 생각했다.

다른 사람도 아닌 노형진과 새론 그리고 마이스터와 대룡이 뒤에 있는 송정한이다.

만일 송정한이 억하심정을 가지고 누군가를 죽이려고 한다면 인생 조지는 것도 순식간이다.

하물며 노형진은 이미 몇 번이나 송정한을 날려 버리기 위해 수작질을 부리던 놈들을 영혼까지 털어 낸 바 있다.

그런데 아직도 수작을 부린다니?

'아니, 뇌가 진짜 우동 사리로 만들어졌나?'

노형진은 이번에는 진짜 확실하게 대가리를 깨 주겠노라

고 이를 박박 갈면서 질문을 던졌다가 그 대답에 당혹감을 감출 수가 없었다.

"한두 명이 아니라서 말이지."

"한두 명이 아니라고요? 뭔 소리입니까? 국회의원 총동원령이라도 내려진 겁니까?"

"아니, 그건 아니고…… 이거 좀 보게나."

송정한은 쓰게 웃으면서 어떤 서류를 노형진에게 보여 줬다.

노형진은 그걸 받아 들어 읽다가 기가 막혀서 말을 하지 못했다.

-송정한은 집에 금괴 200톤을 감춰 두고 선거 자금으로 쓰고 있다더라.

-송정한이 IMF를 일으켜서 공매도로 수백조의 돈을 벌었다더라.

-송정한한테 강간당하고 실종된 여자가 백 명이 넘는다더라.

-이미 이 나라를 지배하는 건 송정한이라더라. 박기훈도 송정한이 시키는 대로 해야 한다더라.

"얼씨구? 아예 인육을 별미 삼아서 먹는다고 하지요?"

"아, 그 이야기도 있었네. 뭐, 많지는 않아서 뺀 거지만."

"많지 않아서 뺀 거라고요?"

"그래."

"아니, 어떤 미친놈들이 이런 헛소리를 하는 겁니까?"

"그게 문제야. 수만? 아니, 수십만은 될 것 같네."

"수십만요?"

"정확하게는 SNS를 통해 퍼지고 있네."

"아!"

SNS, 즉 소셜 네트워크 시스템.

하지만 노형진은 그걸 비꼰 말인 '시간낭비서비스'라는 말을 더 믿는다.

그만큼 현대사회에서 SNS는 실생활에 전혀 도움이 안 되는 영역이 크기 때문이다.

물론 노형진도 클린 스카이라는 SNS를 운영하고 있기는 하다. 그래서 송정한이 이 문제를 언급한 순간 바로 문제가 뭔지 바로 알아차렸다.

"불특정 다수의 헛소리, 아니 증오 유도 전략이군요."

"아나?"

"알죠. 모를 수가 없죠. 인터넷에서 돈 버는 가장 확실한 방법 아닙니까?"

"뭐? 인터넷에서 돈을 버는 가장 확실한 방법?"

"네, 특히 SNS 업체나 인터넷 뉴스 서비스 업체 중에는 이 전략을 쓰지 않는 곳이 드물걸요. 그게 제가 운영하는 클린 스카이가 그리 널리 쓰이지 않는 이유이기도 하지만."

"뭔 소리인가, 그게?"

노형진은 영문을 몰라 묻는 송정한의 모습에 머리를 긁적거렸다.

"쉽게 말해서 증오는 돈이 된다는 겁니다."

"뭘 무기상도 아니고 왜 증오가 돈이 돼?"

"이게 SNS의 수익 모델 때문에 발생한 문제입니다만……."

기본적으로 SNS는 모두 무료 서비스다.

하지만 상식적으로 이 세상에 완전히 무료로 줄 수 있는 건 아무것도 없다.

형태가 없는 SNS라고 할지라도 서버료, 전기세 그리고 직원들의 월급까지 돈이 들어갈 곳은 넘쳐 나니까.

그런데 이런 SNS를 유료로 돌리면 아마 사람들은 우르르 빠져나갈 거다.

"그래서 SNS 같은 인터넷 서비스에서 팔아먹는 건 사람 그 자체입니다."

"사람을 팔아먹는다라……. 틀린 말은 아니군."

사용자에게 직접 돈을 받는 대신에 자신의 서비스를 이용하는 기업에서 광고료를 받는 것.

그게 바로 SNS 기업들의 방식이다.

클린 스카이 역시 그런 방식으로 운영되고 있다.

"그런데 이게 참 애매하거든요. 송 의원님도 아시겠지만 인간은 좋은 이야기, 행복한 이야기에는 그다지 관심이 없습니다."

뉴스를 틀면 왜 매일같이 강간, 살인 같은 범죄나 정치권의 더러운 면만 나올까?

누군가 좋은 일을 했다는 뉴스나 정치인의 올바른 부분을 이야기하는 방송은 정말 손에 꼽고, 그중에서도 특히 후자는 거의 100% 정치적 목적으로만 다뤄진다.

왜냐하면 인간은 본능적으로 안 좋은 소식에만 관심을 가지고 열광하기 때문이다.

"그러다 보니까 돈이 되는 건 솔직히 그쪽이거든요."

누가 좋은 일을 했다는 내용의 SNS는 누구도 보지 않는다.

허세로 가득한 자랑 아니면 누군가에 대해 안 좋은 소리를 하는 증오 콘텐츠.

SNS에서 가장 돈이 되는 건 바로 이 두 가지다.

"그래서 딱 보니까 알겠네요."

"허, 역시 노 변호사구만. 난 이 문제를 이해하는 데 오래 걸렸는데 말이지."

"제가 SNS를 하지는 않지만 그 시스템에 대해서도 모르는 건 아니니까요. 사실 이건 시스템적 한계가 명확해서 벌어진 일이기는 한데……."

SNS 업체가 돈을 벌기 위해서는 광고가 잘되어야 하는데 사람들은 심심한 SNS 정보보다는 자극적이고 극단적인 걸 좋아한다.

그렇다 보니 대부분의 기업에서 알고리즘을 이용해서 좀

더 자극적이고 위험한, 그리고 극단적인 사상이 드러나는 걸 외부로 표현하게 한다.

"그러다 보니 현재의 SNS는 말 그대로 시간 낭비에 지나지 않는 상황이 된 거고요."

오죽하면 사람들은 해서는 안 되는 바람으로 세 가지를 꼽을 정도였다.

첫 번째는 춤바람, 두 번째는, 불륜 세 번째가 타겟팅.

"아, 그랬나?"

"네, 하지만 솔직히 그게 안 되니까 문제죠."

아무리 좋은 걸 하자, 타겟팅으로 헛소리하지 말자고 해 봐야 그런 사람은 극소수고, 사람들은 타겟팅을 통해 온갖 헛소리를 퍼 나르고 자극적인 주제를 토해 낸다.

"예시가 타겟팅일 뿐, 다른 곳도 마찬가지입니다."

자극적이고 극단적인 증오에 관련된 이야기를 알고리즘이 추천해 주면, 그걸 본 사람들은 분노하며 더더욱 자극적인 이야기를 찾는다.

"예를 들어 중국인이 직장을 빼앗는다는 말도 그렇지요."

"자네는 아니라고 생각하나?"

"그럴 리가요. 그건 맞습니다. 다만 그렇지 않은 직업도 있다는 사실이 제외되었을 뿐이죠."

당장 건설 현장은 외국인 노동자가 없으면 굴러가지 않는 수준이다.

시골? 애초에 시골에서 일하는 사람 중에 한국인은 없다시피 하다.

"문제는 중국인이 자리를 빼앗는다는 게 아니라 사회적 관리를 중국인에게 떠넘기는 거죠."

건설 현장에서 중국인을 쓰지 말라고 할 수는 없다. 그렇다면 최소한 윗선에 한국인을 두고 제대로 관리해야 하는데, 그게 안 되니 문제인 것이다.

당장 아파트 건설 현장에 가면 건물 곳곳에 똥이 그득하다.

한국인처럼 정해진 장소에서 볼일을 보는 게 아니라 그냥 아무 곳에나 똥을 싸는 중국인 특유의 문화 때문이다.

그런 걸 관리해야 하는 게 한국인인데, 건설사는 그마저도 중국인에게 떠넘긴다.

"뭐, 어디라고 말은 하지 않겠습니다만 특정 사이트의 경우는 사이트 관리 자체를 중국에서 하죠."

그래서 한국인이라면 당연히 할 수 있는 말이나 불만에 대해 중국인 관리자들이 모조리 차단을 박아 버린다.

예를 들어 누군가 황사에 대해 투덜거린다?

그러면 중국인 관리자가 그 사람을 영구 추방해 버리는 거다.

실제로 그 사이트에 가면 중국에 대해서는 어떠한 부정적인 말도 못 한다.

"결국 자본주의가 인터넷이라는 공간을 오염시킨 거죠."

"그리고 그 증오에는 정치가 빠질 수가 없고 말이지."

"맞습니다."

당장 송정한에 대해 이런 근거 없는 말을 하는 사람들은 넘쳐 날 거다.

지지하는 정당이나 세력이 다르면 말도 안 되는 헛소리도 아무렇지 않게 하는 게 인간이니까.

"그래, 그래서 자네를 부른 거야. 한두 명도 아니고 수십만 단위의 사람들이 이런 헛소리를 퍼트린단 말이지."

"곤란하기는 하네요."

차라리 한 명 또는 한 집단이라면 그들만 조져 놓으면 해결된다.

하지만 이런 식으로 불특정 다수가 들고일어나는 경우는 정치인 입장에서는 막을 수가 없다.

"이걸 명예훼손으로 엮을 수도 없고요."

송정한은 정치인이다. 공인으로서 그의 신분과 그의 행동에 대해서 주변에서는 얼마든지 떠들 수 있다.

물론 지금처럼 터무니없는 헛소리를 하는 경우는 고소의 대상이 되기는 하지만, 그러면 언론에서 신나게 물어뜯을 가능성이 높다는 문제가 있다.

고소와 고발을 하는 정치인이 없는 것은 아니나 그런 경우는 검찰과 언론과 친해서, 그쪽이 알아서 덮어 주고 처벌해 주기 때문에 가능한 거다.

실제로 모 정치인이 고소부터 3심까지 고작 3개월밖에 걸리지 않은 적도 있으니까.

일반적으로 고소하면 1심만 3개월이 걸린다는 걸 생각하면 검찰과 법원이 얼마나 그 국회의원을 물고 빨아 줬는지 알 수 있다.

"하지만 송 의원님은 아무리 좋게 봐줘도 그쪽이랑 사이가 좋다고는 말 못 하지 않습니까?"

"그렇지. 난 그들을 개혁해야 할 대상으로 보고 있으니까."

만일 송정한이 이런 헛소리를 퍼뜨린 놈들을 고소한다면 그들은 아마도 국회의원이라는 작자가 유권자들을 고소했다며 게거품을 물 거다.

그리고 그 과정에서 유권자가 아니라 헛소문을 퍼트리던 범죄자라는 사실은 철저하게 감춰질 거다.

당연하게도 그 정도로 선거에서 송정한을 떨어트리는 것은 어려운 일이 아니었다.

"쉽지 않네요."

쉽지 않다. 노형진은 솔직히 인정하기로 했다.

변호사로서 노형진은 일대일의 싸움에 익숙하다.

물론 일대다의 싸움을 해 본 적이 없는 것은 아니지만, 이건 일대다 정도가 아니라 대한민국 인구의 최소 3분의 1을

적으로 돌린 채 싸워야 한다.

"일단 확실한 건, 법적으로는 방법이 없다는 거예요."

"정확하게는, 없는 게 아니라 해서는 안 되는 거겠지."

"그건 그러네요."

노형진의 힘으로 송정한을 대통령으로 만드는 건 어려운 일이 아니다.

대기업들을 파산시키면서 제2의 IMF라도 일으키려는 모습을 보여 준다면 어떻게 해서든 송정한을 대통령으로 만들기 위해 모두가 달려들 테니까.

하지만 그건 민주주의국가가 아니라 노형진이라는 그림자 왕이 지배하는 독재국가에 지나지 않는다.

"혹하기는 하지만."

"제발 참아 주게."

노형진이 피식 웃으며 말하자 송정한은 그런 그를 말렸다.

"하지만 이건 글쎄요, 뭐라고 해야 할까요."

노형진은 한참 고민했다. 그러고는 솔직하게 말했다.

"이건 개인에게 책임을 물을 수는 없습니다. 이 뒤에서 이런 헛소문을 퍼트리는 집단이 있기야 하겠습니다만."

상식적으로 개인에게 금 200톤이 있을 수가 없다.

송정한이 IMF를 일으키고 공매도를 쳐서 막대한 돈을 벌었다?

그런 권력자라면 도대체 대통령을 왜 하려 한단 말인가?

그런 거라면 그림자 왕을 계속하는 게 대한민국을 지배하기에도 훨씬 편하다.

게다가 애초에 송정한은 IMF 당시에 변호사도 아닌 판사, 그것도 아주 낮은 직급의 판사였다. 그런 사람에게 금 200톤이 있을 리가 만무하다.

"문제는 이 뒤가 추적이 불가능하다는 건데요."

처음 시작한 놈들이 잠수를 탄다 해도 헛소문은 사람들을 통해 절로 퍼져 나가면서 손대기 어려울 정도로 커져만 간다.

"사람들이 이런 소리를 믿는다는 것도 어이가 없어."

"믿는 게 아닙니다. 믿고 싶은 거죠."

상대방은 악당이어야 하고, 나는 선한 사람이어야 한다.

상대방은 눈도 깜짝하지 않고 사람을 죽일 수 있는 사람이어야 하고, 나는 그런 놈의 피해자여야 한다.

"대부분의 사람들은 그렇게 생각합니다. 그러니까 말도 안 된다는 걸 알면서도 믿으려고 몸부림치죠. 결국 문제는 인터넷 서비스 공급자들입니다."

"그런 것 같군. 자네 말대로라면 말이야."

인터넷상의 증오 관련 글들은 명백하게 삭제하도록 되어 있다. 그리고 그러한 증오 관련 정보들은 알고리즘을 통해 걸러내서 더 이상 뜨지 못하게 한다.

현대의 알고리즘은 생각보다 정밀하고 또 정확하다.

"하지만 증오가 돈이 되니까 현대의 인터넷 서비스 공급자들은 고의적으로 증오 관련 게시물들을 추천해 주고 거기에 좋아요를 누르게 하죠."

"머리가 아프군."

"그렇죠. 그런데 머리가 아픈 것으로 끝나지 않으니 문제가 되는 겁니다. 솔직히 말하면, 이건 아주 심각한 문제입니다. 최악의 경우 전쟁으로 번질 수 있을 정도로 말입니다."

"뭐? 설마!"

고작 인터넷의 게시글일 뿐이다. 그런데 그걸로 인해 전쟁이 일어날 수도 있다니.

하지만 이것은 결코 빈말이 아니다.

실제로 증오를 이용해서 정치하는 놈들은 SNS를 전쟁의 도구로 사용한다.

"당장 IS에서 어떤 식으로 인원을 충원하는지 생각해 보세요."

"그것도 그렇군."

IS에서는 SNS를 통해 증오를 부추겨서 인원을 충원한다.

그렇게 모인 사람들 중에는 주로 여성에 대한 혐오나 증오를 품은 사람들이 많다.

실제로 한국에서도 그에 넘어가서 IS에 투신했다가 죽은 사람이 존재할 정도다.

"얼마 전에 필리핀에서 한국인들 격리를 잘못했다고 두 나라 사이가 얼마나 틀어졌는지 보세요."

"으음……."

확실히 그랬다.

코델바이러스 발생 이후로 2주간의 격리는 필수적인 절차가 되었는데, 필리핀에서 격리할 곳이 부족하다는 이유로 한국인 관광객들을 2주간 창고에 가둬 버렸다.

그럴 바에는 차라리 한국에 돌려보내는 편이 나았을 텐데 말이다.

그러자 인터넷에는 때를 놓치지 않고 그 사건을 이용해서 온갖 차별과 증오를 퍼트리는 인터넷 렉카들로 넘쳐 났다.

"뭐, 제가 이런 말 하는 것도 우습지만요."

"그것도 그렇군."

인터넷상에서 증오를 가장 잘 써먹는 게 노형진이다.

중국을 컨트롤할 때에도 살짝살짝 그 증오를 자극하는 방식을 써 왔으니까.

"당에서는 뭐라고 하던가요? 어찌 되었건 유력 대선 후보시지 않습니까?"

"그게 말이지……."

머뭇머뭇 입을 여는 송정한의 분위기는 왠지 좋지 않았다.

아니, 확실히 가라앉아 있었다.

"뭐, 자네니까 말하지만, 이 중 일부는 우리 쪽에서 나온 말이야."

"우리 쪽이라 하면……?"

"민주 진영 말이야."

그 말에 노형진의 얼굴이 딱딱하게 굳었다.

물론 국회의원에 대해 안 좋은 소리가 넘쳐 나는 거야 흔한 일이다.

하지만 같은 편의 국회의원과 관련해서 이런 소리가 나오는 경우는 드물고, 또 그걸 그냥 방관하는 경우는 더더욱 드물다.

"설마 민주수호당에서 모른 척하고 있다는 말씀이신가요?"

"더하지. 적극적으로 뿌리고 있네."

"적극적으로 뿌려요?"

"일부 사람들을 통해 SNS나 톡에 퍼트리고 있네."

"설마 다음 선거에는 자기들이 나가겠다는 생각인 겁니까?"

그 말에 말없이 쓰게 웃는 송정한.

그 모습을 본 노형진은 어이가 없었다.

"아니, 뭔 병신 같은 소리랍니까?"

물론 얼마 전 국회의원 선거에서 민주수호당이 크게 승리한 것은 사실이다. 하지만 동시에 당에 개혁 의지가 없다는 것이 드러난다.

도리어 권력자들과 손잡고 자기들의 이권에 집중하는 모습만 보여 주었다.

"아무래도 내가 불편하겠지."

"그런가요?"

"결국 방법은 하나뿐인 것 같더군."

"무슨 말씀이신지?"

"분당 말일세."

그 말에 노형진은 저도 모르게 조심스러워졌다.

그럴 수밖에 없다.

분당, 즉 새로운 당을 만들어서 활동하겠다는 뜻을 밝힌 거니까.

물론 불가능한 것은 아니다.

하지만 송정한은 지난번에 그걸 거절했었다. 그때는 쇼하는 척하는 것이기는 했지만 말이다.

"진짜로 분당을 하시려고요?"

"자네도 알 거야. 대통령이 된다고 해서 뭐든 할 수 있는 건 아니라네."

"그야 당연하지요."

대한민국의 대통령은 권력이 강하지만 동시에 한계도 명확하다.

과거에 세 번이나 쿠데타가 벌어진 대한민국이다.

심지어 한 번은 현직 대통령의 친위 쿠데타였다.

그렇다 보니 대통령의 행동을 제지하기 위해 정당이 나서는 것은 흔한 일.

이는 즉, 송정한이 대통령이 된다고 해도 정당에서 도와주지 않으면 결국은 아무것도 못 한다는 소리였다.

"그런데 말이야, 요즘 그런 생각이 들더군. 내가 대통령이 된다면 과연 현재 민주수호당의 의원들이 도와줄까?"

"흠…… 기대하기 힘들죠."

대다수의 민주수호당 의원들은 입으로만 개혁을 부르짖으면서 속으로는 결사반대하는 입장이다.

개혁이란 권력을 내려놓는 과정이기 때문이다.

당장 민주수호당이 입으로는 국회의원의 주민 소환제를 주장하지만 수십 년 동안 이를 안건으로 올린 사람은 극히 드물었고, 그마저도 대부분 상임위도 통과하지 못했다.

그리고 국회의원의 주민 소환제를 주장한 사람들은 다음 선거에서 공천도 받지 못했다.

"실제로 대통령 중에도 그런 사람이 있지 않나?"

전 대통령 중에는 개혁을 외치다가 탄핵당한 사람도 존재한다.

심지어 송정한이 밀어줬던 박기훈 대통령조차도 그들의 권력에 물어뜯겨서 처음의 개혁 의지를 잃어버리지 않았던가?

"대통령이 된 후에 정작 내 지지 세력이 없다면 어떻게 되겠나?"

당연히 국회의원들은 송정한을 물어뜯을 테고, 그때마다 가족들과 주변 인물들이 잡혀 들어갈 거다.

노형진이 보호하는 것? 물론 어느 정도는 가능할 거다.

하지만 거의 사생결단의 형태가 될 테고, 노형진이 대한민국을 망하게 하려는 게 아닌 이상 결국 선을 넘는 공격은 못한다.

"그래서 남은 선택지가 분당입니까?"

"그래. 그래도 현재 민주수호당의 4분의 1 정도는 나를 지지하니까."

"자유신민당 쪽은요?"

"그쪽은 기대하기 힘들지."

그래도 민주수호당은 입으로나마 개혁을 외치고 있기 때문에 일부라곤 해도 개혁 성향을 지닌 사람들을 뽑는다.

물론 대부분 쇼에 그치는 수준이지만, 어쨌든 그렇게 뽑힌 이들은 명백히 개혁 성향을 띤다. 그리고 바로 그들이 송정한을 중심으로 뭉치고 있는 상황.

"자네가 말했지, 사람은 고쳐 쓰는 게 아니라고."

긴 한숨을 내쉬는 송정한.

그는 최근 들어 그 말의 의미를 뼈저리게 느끼고 있었다.

"하물며 정치인들이야……."

온갖 고생을 하고 사회적으로 매장당하고 고통받는 범죄자들조차 변하지 않는데, 권력을 쥐고 사람들 위에 군림하던 국회의원들이 과연 변할까?

"현재 시스템은 말이야, 돈이 없으면 선거도 못 해."

"알죠."

"그래서 자네가 좀 도와줬으면 하네."

"결국 분당밖에 답이 없다는 말씀이군요."

"그래."

처음에는 민주수호당에 대한 의리 때문에 분당을 거절했다.

그 사건 이후로 조금은 개혁파에 신경을 쓸 거라 생각하기도 했고.

하지만 그건 오산이었다.

민주수호당은 도리어 개혁파가 힘을 가지는 것을 극도로 꺼리면서 어떻게든 그들의 힘을 빼기 위해 몸부림치기 시작했다.

"당장 지금도 마찬가지이기는 하죠."

분명 민주수호당은 다수당이 되었다. 하지만 그럼에도 불구하고 그들은 개혁은커녕 자기들끼리 패거리 싸움 중이다.

"새 술은 새 부대에 담으라는 말이 괜히 생긴 게 아니죠."

"그래, 그래서 진짜로 신당을 창당할 생각이네. 하지만 문제가 뭔지 알지?"

"알죠."

일단 자유신민당은 두 손 들고 환영할 거다. 적대적인 민주 세력이 갈라질 기회니까.

그에 반해 민주수호당은 아마 때려죽일 것처럼 굴 거다.

실제로 세력이 나뉘는 것이니까.

하지만 나중을 위해서라도 결국은 새로운 제3당이 필요하다.

'하긴, 한국은 2당 체재가 너무 오래되기는 했지.'

다른 당이 생긴 적이 없지는 않지만 그만큼의 파괴력을 가진 경우는 드물었다.

"알겠습니다. 그러기 위해서는 이 증오 문제부터 해결해야겠군요."

"지금이야 공격 대상이 나지만 내가 신당을 창당해서 나가면 그때는 신당에 대한 공격이 이런 식으로 이루어질 테니까."

신당의 특성상 경력이 짧은 사람들이 대부분일 거다.

극히 일부를 제외하고는 저항할 힘이 없는 사람들이 대부분일 테고.

결과적으로 그들은 힘없이 밀릴 거다. 지금까지처럼 말이다.

"솔직히 말하지. 지금은 분당하기 애매해. 하지만 또 지금이 아니면 분당을 하기가 어렵지."

지난 선거에서 생각보다 많은 사람들이 당선되었다.

이는 민주수호당에서도 예상하지 못한 일이었다. 사실상 나가 죽으라고 던진 곳에서조차 당선되었으니까.

선거에서 확정적으로 승리할 곳은 기존 의원에게, 그리고 격전이 벌어지는 곳은 신입 의원에게 주는 게 일반적인 일이다.

그런데 그런 신입 의원들이 대거 당선되는 결과가 초래된 것이다.

"그래서 어느 때보다 개혁의 열망이 크네. 그리고 그 세력이 나한테 모이고 있어."

"아…… 이런 말도 안 되는 헛소문을 퍼트리기 시작한 이유 중에 그것도 포함되겠군요."

불리한 선거구에서 출마한 사람이 과연 당에서 죽으라고 자신을 내보냈다는 걸 모를까?

그럴 리가 없다.

하지만 때로는 그게 한 걸음 앞으로 나아가기 위한 희생이라 생각해서 후보로 나선다.

누군가는 죽을 수밖에 없는 전쟁터로 향하는 것처럼, 개혁과 사회 발전을 위해 자신을 희생하겠다는 마음으로 격전지 또는 필패할 수밖에 없는 지역구로 나가는 사람들.

그렇다 보니 이번 선거에서는 그런 개혁 성향이 강한 사람들이 생각보다 많이 뽑혀 버렸다.

그랬기에 송정한은 지금이 아니라면 분당할 기회가 없다고 생각하는 거다. 그리고 그걸 민주수호당도 알고 있고 말이다.

그래서 어떻게 해서든 개혁파의 중심 수장인 송정한을 쳐내고 싶은 게 민주수호당과 자유신민당의 의견이라는 것.

문제는 다른 방식으로 송정한을 건드려 봤자 남는 건 파멸뿐이라는 거다.

성범죄도 뒤집어씌워 봤고 가족도 건드려 봤다.

그럴 때마다 당사자는 파멸했고, 대부분은 죽음보다도 못한 처지에 떨어졌다.

"하지만 이런 증오 유발은 나라고 해도 뾰족한 방법이 없지 않나."

"그렇지요."

선거까지 앞으로 2년.

그 시간 동안 이런 헛소문을 잘 퍼트린다면 송정한을 꺾을 수 있다는 게 국회의원들의 계획이라는 소리였다.

"하지만 난 그렇게 당해 줄 생각이 없네."

노형진은 그 말에 고개를 끄덕거렸다.

그 역시 자신의 면상을 후려치는 놈들에게 웃으면서 반대쪽 뺨을 내미는 사람은 아니었다.

누군가 자신의 뺨을 때렸다면 최소한 그 사람의 옥수수는 다 털어 내야 수지가 맞는 장사가 아니겠는가?

"국회의원이라……."

노형진은 고개를 끄덕거렸다.

"그러고 보니 가능하면 안 건드렸죠?"

그동안 국회의원들은 건드리지 않았던 노형진이다.

물론 일부 의원들은 건드렸지만 그건 어디까지나 선빵을 친 사람들에게 반격하기 위함이지, 국회의원 조직 자체를 건드린 적은 단 한 번도 없다.

국회의원은 민주주의의 기본이기에 최소한의 민주주의 정신을 훼손하지 않기 위해서였다.

"하지만 상대가 어느 자리에 있든 선빵은 못 참죠."

그게 설사 대통령이라도 해도 말이다.

"결국 그놈들은 증오를 무기로 삼은 걸 후회하게 될 겁니다."

노형진은 피식 웃었다.

그는 그렇게 만들 자신이 있었다.

거짓에는 거짓으로

　새론은 어느 때보다 분위기가 심각했다.

　바로 신당의 창당 그리고 증오의 차단이라는 큰 문제 때문이었다.

　"증오라……."

　새론은 생각지도 못한 송정한의 의뢰에 한참 침묵에 빠졌다.

　다들 변호사이기에 안다, 증오가 얼마나 지독한지.

　사랑은 식어도 증오는 식지 않는다.

　"더군다나 한국은 다른 나라에 비해 그러한 증오가 엄청심한 나라 중 하나거든요."

　노형진은 걱정스럽게 말했다.

실제로 전 세계에서 가장 증오가 심한 나라를 꼽으라고 하면 한국은 빠지지 않고 등장한다.

물론 내전이나 종교전쟁 중인 나라를 제외하고 말하는 거다. 애초에 그런 나라는 조사 자체가 불가능하니까.

"뭐, 그건 우리의 원죄 같은 거니 어쩔 수 없지."

노형진의 말에 김성식은 안타깝다는 듯 말했다.

"시스템이 개판이니 증오가 커질 수밖에."

"네? 그게 무슨 말이에요?"

옆에 있던 고연미 변호사는 그 말에 고개를 갸웃했다.

그녀는 변호사로서의 실력은 훌륭하지만 역사적 관계에 대해서는 잘 모르는 편이었다.

"누군가 브레이크를 걸 수 있는 중재자가 있다면 증오는 힘이 빠지기 마련입니다. 보통은 법원이나 정부가 막죠. 문제는, 대한민국의 법원이나 정부는 그럴 능력도 안 되고 설사 시도한다고 해도 그걸 믿지 않는다는 거죠."

"확실히 그러네요."

"네, 그러다 보니까 도리어 쌓이는 거죠."

법원이 공정했다면 사람들은 판결을 의심하기보다는 자신의 시선이 정상인지를 의심하겠지만, 불행히도 대한민국 법원의 판결은 극도로 치우쳐져 있고 상황에 따라서는 코에 걸면 코걸이, 귀에 걸면 귀걸이다.

똑같은 범죄라고 해도 돈과 권력에 따라, 남녀에 따라, 정당에 따라 처벌이 다르다.

그러다 보니 사람들은 재판에서 지더라도 '이번에는 내가 잘못 생각했구나.'라고 생각하는 게 아니라 '결국 저 개 같은 새끼들이 뇌물을 줬구나.'라고 생각하면서 증오를 더더욱 키운다.

정치권? 증오를 가장 환영하고 가장 열심히 이용해 먹는 게 바로 정치권이다.

정치권은 지역별로, 나이별로, 성별로, 지식별로 사람들을 구분하고 그들이 서로 싸우게 한다.

그래야 사람들의 관심을 피해 더 많은 걸 해 처먹을 수 있으니까.

"그렇게 쌓이고 쌓이다 보면 결국 어느 순간 걷잡을 수 없이 터져 나오는 거죠."

실제로 대한민국은 증오를 풀거나 하는 시스템이 아니다.

나와 생각이 다르면 다 적, 그러니까 다 때려죽여야 한다고 말하는 사람들이 넘쳐 날 정도로 증오가 판을 친다.

전 세계적으로 이렇게 증오가 판을 치는 나라는 생각보다 많지 않다.

"정치권이나 사법부는 그렇다고 쳐도 기업들은 왜 그래요? 기업 입장에서도 그런 증오를 뿌려 봐야 좋을 게 없잖아요?"

고연미는 이해가 가지 않았다.

결국 이 모든 게 스스로에게 돌아오는 죄악이다. 그런데 왜 굳이 기업에서 이런 식으로 증오를 뿌린단 말인가.

"뭐, 일반 기업은 어차피 전부 다 가질 수 없으니까요."

인구가 몇 명이든, 모든 인구에게 물건을 팔아먹을 수는 없다.

그 유명한 와이플폰도 결국은 좋아하는 사람만 좋아하고 나머지는 다른 폰을 이용한다.

"그래서 경쟁이 되는 거죠."

와이플사에서 증오를 품고 있지 않다면 스마트폰을 만드는 경쟁사들과 똑같이 싸워야 한다.

즉, 경쟁이 일대일이 아니라 일 대 일 대 일 대 일 대 일 같은 구조가 되는 거다.

"하지만 와이플폰을 쓰는 사람들을 제외하고는 병신에 저능아라고 주장해서 그들을 증오하게 만든다면 어떻게 될까요?"

"그러면 확실히 일대다의 형태가 되겠네요."

"네, 이 증오 전략의 가장 큰 특징은 다른 전략과 다르게 기존 고객의 이탈이 거의 없다는 겁니다."

기존 고객들에게 외부에 대한 증오심 그리고 그에 수반되는 우월성을 느끼게 함으로써 결국 경쟁 업체를 이용하지 못하게 하는 것. 이게 증오 전략의 기본이다.

"전부는 아니더라도 절반이라 이거군요."

"그것만 해도 어마어마하니까요."

"그러면 인터넷 기업은요?"

"그들은 애초에 손해가 전혀 없으니까요. 아, 정확하게는 SNS 기업들 얘기입니다만."

"없다고요?"

깜짝 놀란 고연미가 눈을 휘둥그레 떴다.

"알고리즘은 그 사람이 좋아하는, 그래서 그 사람이 보고자 하는 것을 보여 줍니다. 보고 싶은 것만 본다, 그게 인간의 심리인데 그걸 아예 시스템으로 구현해 둔 거죠."

그러면 어떻게 될까?

보는 사람 입장에서는 당연히 예전에 본 것과 비슷하거나 보고 싶어 하는 이야기만 계속 나온다.

그래서 개인의 사상은 더더욱 극단적으로 변하고 동시에 타인의 이야기는 전혀 들을 필요가 없는 일로 취급받게 된다.

"즉, 시스템적으로 두 집단을 완벽하게 구분해 둔 거죠. 그 둘 사이에 '보이지 않는 알고리즘'이라는 벽이 생겨난 거니까요."

그들은 같은 공간에 있지만 동시에 다른 차원에 존재하기에 서로를 인식할 수도, 대화할 수도 없다.

물론 대화가 불가능한 건 아니지만 그러기 위해서는 스스로 알고리즘이라는 벽을 깨고 옆 세계로 넘어가야 하는데, 과연 그렇게 할까?

"결과적으로 SNS 회사 입장에서는 자극적인 이야기가 올라가도 이득만 생길 뿐 어떤 손해도 보지 않아요."

모두에게 공개된 웹사이트라면 사이트의 성향이나 특성에 따라 사용자의 성향이 바뀌겠지만 SNS는 특성상 그러지 않아도 결국 모두 구분해 주니까.

"결국 끼리끼리 뭉쳐서 보고 싶은 것만 보기 시작하면 사용자들은 그곳을 떠나지 못하게 되죠."

"아, 그러겠네요. 증오를 뿌림과 동시에 집결의 효과도 가지는군요."

"맞습니다."

다른 곳으로 간다면?

당연히 자기 의견뿐만 아니라 자신과 다른 의견도 봐야 한다. 그건 심리적으로 사용자에게 불편함을 야기한다.

즉, 자신의 증오를 유지하고 정당화하기 위해 사용자는 계속해서 SNS에 머물며 증오를 배설하고 또 부추기게 된다는 거다.

"그리고 계속 그런 글을 찾을수록 광고비는 더 들어오니까요."

결국 증오 역시 돈이 목적인 셈.

"흠…… 복잡하군요."

"복잡하기는 하지만 또 어떻게 보면 단순하지. 증오처럼 세상을 편하게 살 방법이 어디 있을까?"

김성식은 쓰게 웃으며 말했다.

"상대방에게 낙인 한 번만 찍으면 되는 일이니까. 생각할 이유도, 문제를 해결할 이유도 없지."

당장 한국만 해도 그렇다.

한국이 잘사는 나라이기는 하지만 문제가 없는 나라는 아니다.

그런데 증오가 기반이 된 낙인 한마디면 누군가 언급한 한국의 문제를 무시하고 특정 파벌이 뭔 짓을 해도 합법적인 행위가 되어 버리는 기적이 벌어지는 것이다.

그러다 보면 결국 두 집단은 대립만을 할 뿐이고 그 후에 남는 건……

"내전 또는 극단적 대립뿐이죠."

파벌이 다르다고 습격해서 상대를 암살하거나 테러를 할 수도 있다.

"그리고 그건 이미 이루어지고 있는 상황이고요."

"이루어지고 있는 상황이라고요?"

"전 세계적으로 인종적인 범죄와 학살이 얼마나 많이 늘어났는지 아시지 않습니까?"

"하긴, 그러네요."

인종우월주의자들의 테러는 하루가 멀다 하고 벌어지고 있다.

미국 역시 최근 총기 난사 사건이 엄청나게 늘어나는 추세다.

"과거에 미국에서 벌어진 총기 난사 사건은 실패한 사람의 최후의 자살이라는 느낌이 강했습니다."

하지만 요즘은 다르다.

사회적으로 고립된 사람이 같이 죽자는 느낌으로 총기 난사를 벌이는 게 아니라, 증오에 휩싸여 일반인들을 상대로 정치적인 표현을 하기 위해 총기 난사를 벌이는 경우도 있다.

"그리고 송 의원에 대한 증오를 일으키기 위해 수작질을 벌이고 있다는 거군."

"맞습니다."

송정한에게 이런 공격이 쏟아지는 상황에서 신당을 창당한다면 당연하게도 그 공격은 신당을 향할 거다.

"한국은 오랜 시간 양당 체재를 구축해 왔습니다. 민주수호당이든 자유신민당이든, 자기들을 위협할 만한 제3당의 존재는 결코 반갑지 않을 겁니다."

특히나 송정한이 만들고자 하는 정당의 경우 기존에 있던 다른 정당들보다 훨씬 생존 가능성이 높다.

그러니 그들에게 대해서는 무차별적이고 잔인한 거짓 폭로와 허위 사실 유포가 이루어질 거다.

"체포는 불가능한가요?"

고연미는 고개를 갸웃했다.

물론 이해는 간다.

이런 건 까딱 잘못하면 국민의 입에 재갈을 물린다는 이미지를 만들 수 있다. 그리고 저쪽에서 원하는 것도 그거고.

하지만 아무리 그래도, 피해가 선을 넘는다면 고발할 수밖에 없다.

"힘들다네. 일단 이런 콘텐츠를 뿌린 놈들은 이미 꼬리 자르고 잠수 탔을 테고, 여전히 그걸 주장하는 놈들은 힘이 있는 놈들이고."

김성식은 안타깝다는 듯 말했다.

"네? 힘이 있다고요?"

고연미가 의아해하자 노형진이 나섰다.

"아, 모르시나요? 유튭에서 방송하는 놈들 중에 이런 헛소리를 당당하게 하는 놈들이 있습니다. 제일 유명한 게 구국영령이라는 놈인데……."

그 말에 고연미는 눈을 찡그렸다.

구국영령은 말 그대로 나라를 지키다가 돌아가시는 분들을 가리킨다.

"그런데 그런 이름을 내걸고 헛소리를 한다고요?"

"딴에는 자기가 나라를 지키고 있다는 주장을 하고 싶은 거겠죠."

"아니, 얼굴을 가리고 주장하나요?"

"그건 아닙니다. 얼굴을 드러내고 주장하죠."

"그러면 처벌하면 되잖아요?"

"구국영령이 누군지는 자네도 알걸."

두 사람의 대화를 듣고 있던 김성식이 불쑥 말했다.

고연미가 그를 쳐다보았다.

"누군데요?"

"구영단."

"구영단? 구영단이라면, 그 자유신민당 의원이었던 그 구영단요?"

"그래."

원래 구영단은 3선 의원이었다. 하지만 선거에서 패배하면서 국회의원으로서의 자격이 사라졌다.

"그 후에 온갖 문제를 일으키고 있죠."

허위 사실 유포나 명예훼손, 심지어 자신의 이득을 위해 공문서위조까지 했었다.

"하지만 단 한 번도 실형이 나온 적이 없지요."

구영단은 다른 것도 아닌 법원의 판결문을 조작해서 고소당한 적이 있다. 그리고 사기를 치면서 자신의 계좌를 조작해 보여 준 적도 있다.

그런데 그게 종이로 출력하거나 계좌를 캡처한 스크린샷을 조작해서 보여 준 게 아니다.

무려 가짜 은행 사이트를 만들고 거기에 로그인하는 척하면서 자신의 계좌를 보여 줬던 것.

자신들의 권력을 중요시하는 법원의 성격을 생각하면 실형이 나오지 않을 수가 없는 일이었고, 가짜 은행 사이트까지 만들었다는 점에서 명백하게 사기 목적이라고 봐야 했다.

그러나 결국 구영단의 처벌은 벌금형으로 끝났다.

"아니, 왜요?"

"구영단이 정치 검사 출신이거든. 검사들의 비호를 받고 있지."

정치권으로 진출하기 위해 혈안이 되어 있던 검사들을 이끌던 게 바로 구영단이다.

당연하게도 그를 처벌하면 검사들이 자신들의 캐비닛을 열 테니 판검사를 비롯해서 멀쩡한 놈이 없었을 거다.

"거기다 자유신민당에서 나왔다고 해도 그 용도가 다한 건 아니니까요."

그는 자유신민당의 비공식적인 스피커다.

자유신민당에서 누군가를 공격하고 싶지만 진짜 국회의원이나 대변인을 쓸 수는 없다면 구영단을 통해 공격하게 만드는 거다.

"그리고 구영단은 손해 보는 게 없고요."

유튭을 통해 매달 수억 원의 기부금이 모인다. 그러니 국회의원의 자리를 잃은 후에도 구영단 입장에서는 딱히 손해보는 게 없다.

"실제로 금괴설은 구영단이 가장 먼저 제기한 것으로 보이고요."

"그럼 민사소송으로라도 구영단을 공격하면 안 되나요?"

그 말에 김성식은 고개를 흔들었다.

"구영단은 일단 국회의원 출신이야. 현 상황에서 송 의원이 구영단을 공격하면 이건 자유신민당 대 송 의원의 싸움이 되어 버리네."

"네?"

"민주수호당에서도 송 의원을 안 좋아하지 않나? 그러니까 당연히 도와주지 않을 거야. 하물며 분당 이야기가 나오면 더더욱 그러겠지."

"저들이 원하는 게 그겁니다, 개싸움. 지금 저들은 송 의원님이 먼저 고소하기를 기다리고 있는 거죠."

어떤 식으로든 송정한이 법적으로 문제를 해결하려 든다면 국민의 입에 재갈을 물리려 한다고 떠들 거다.

그렇다고 계속 방치하면 송정한의 이미지는 나날이 안 좋아질 테고 말이다.

"일단 유튭에 해당 사이트를 막아 달라고 할 수는 없나요?"

"힘들 겁니다."

구국영령의 경우 매달 막대한 수익을 낸다. 그리고 계약에 따라 구국영령의 수익은 유튭과 계속 나누도록 되어 있다.

실제로 많은 사람들이 구국영령 채널에 대한 문제를 제기했지만 지금까지 해당 채널은 단 한 번도 처벌받거나 폐쇄된 적이 없다.

"더군다나 가장 큰 문제는 이 모든 게 미국의 법에 따라 보호받는다는 거죠."

"네? 보호받는다고요?"

"네. 미국은 수정 헌법에 의해 표현의자유가 무한대로 인정받거든요."

즉, 누군가 증오를 표출해도 그걸 막을 방법은 없다. 그게 직접적으로 범죄와 연결되지만 않는다면 말이다.

"인터넷에서 중국인을 다 죽여야 한다고 주장하는 건 합법이라는 거죠."

다만 그걸 위해 구체적인 계획을 실행하려고 하는 건 불법이다.

"이게 참 웃긴 건데⋯⋯."

즉, 구체성이 없는 단순한 증오는 처벌 대상이 아니나, 구체적인 범행 가능성이 붙으면 처벌된다.

실제로 인터넷 게임에서 구체적인 살인 계획을 이야기한 한 중학생이 살인미수로 체포되어 처벌받은 적도 있다.

"구국영령⋯⋯. 아니, 이렇게 말하면 자꾸 사자 명예훼손하는 기분이 드니까 이름으로 말하죠. 구영단은 그걸 잘 압니다. 그래서 허위 사실을 마구 퍼트리지만, 미묘하게 구체적인 행동 방식은 제시하지 않는 거죠."

그 선만 잘 지키면 처벌은 결코 이루어질 리 없으니까.

"그러면 어떻게 하죠?"

"일단은 한국에서 벌어지는 혐오를 차단하는 게 첫 번째 계획입니다."

"하지만 어떻게 말인가? 그게 가능할 리가 없는데. 일단 내부에 들어가는 게 불가능하지 않나?"

"불가능하지는 않지요."

불가능하지는 않다.

불특정 다수에게 세뇌를 통한 증오를 뿌리는 그런 놈들의 특징이 뭐냐면, 정보에 대한 최소한의 조사나 확인도 하지 않는다는 거다.

"그러니까 허위 사실을 유포하는 것도 가능한 거죠."

남들이 뭐라고 하든 SNS상에서 논의되는 가짜를 믿고 싶어 하며 계속 확대 재생산하는 거다.

"그러니까 우리도 가짜 정보를 뿌리면 되는 겁니다."

"가짜 정보?"

"네."

"하지만 그래 봤자 우리 쪽 손해 아닌가?"

송정한에 대한 가짜 정보를 뿌린다고 해서 송정한이 고소할 수는 없는 노릇이니까.

"압니다. 하지만 뿌릴 정보가 가짜만 있는 건 아니죠."

"무슨 뜻인가?"

"저들이 원하는 정보를 주면 된다는 겁니다. 저들이 원하는 대로, 보고 싶은 대로 말입니다."

"그게 뭔데?"

"글쎄요? 쿠데타 정도면 되겠네요."

노형진의 말에 모두의 눈빛이 굳어졌다.

한국 정부는 쿠데타에 대해 예민하다. 그렇기에 이런 분위기를 상당히 심각하게 받아들인다.

"뭐라고? 쿠데타 이야기가 나온다고?"

"네. 이건 좀 보셔야 할 것 같습니다."

아무리 국정원에 자유신민당을 위해 일하는 놈들이 많다고 해도 국가를 전복하고자 하는 놈들까지 그냥 둘 수는 없다.

군대여, 일어나라!

작금 대한민국은 빨갱이의 지배를 받고 있다. 빨갱이의 명령을 받은 박기훈이 빨갱이의 명령에 따라 나라를 망치고 있다.

그리고 송정한은 빨갱이 그 자체다.

그는 북한으로부터 군자금으로 금 200톤을 받아서 선거 자금으로 쓰고 추후 국가를 북한에 헌납하려고 하고 있다.

지금이야말로 군대가 국가를 수호해야 한다.

군대여, 일어나라!

일어나 빨갱이를 때려죽이자!

그걸 본 국정원 팀장은 기가 막혀서 요원을 돌아보았다.

"너 바보냐?"

"네?"

"아니, 씨팔. 이런 글은 하루에도 몇천 개씩 올라오잖아."

물론 개개인의 글을 감청하는 건 불법이다. 하지만 단톡방이나 인터넷 사이트 등 불특정 다수가 볼 수 있는 공간은 충분히 감시가 가능하다.

"너 이 새끼야, 이런 글 올리는 놈들 다 잡아넣으려면 최소한 수백만 명은 잡아넣어야 해."

지난번 선거에서도 민주수호당이 다수당이 되었다는 사실에 일부 보수 단체에서 게거품을 물고 일어나서 '군대여, 일어나라.'를 외치지 않았던가?

그렇잖아도 친위 쿠데타로 인해 한번 나라가 뒤집어진 상황.

군인들이 미치지 않고서야 쿠데타를 다시 일으킬 이유가 없다.

실제로 지난 쿠데타 사건 이후에 군 내부에서는 중대장급 이하 장교와 병사에게 쿠데타 명령에는 복종해서도 안 되고 의심 사항이 있다면 바로 국정원에 신고하도록 정신교육을 하고 있다.

"개개인의 헛소리에까지 예민하게 반응할 이유는 없어."

"아니, 그게 문제가 아니라서 말입니다. 다음 장을 봐 주십시오, 팀장님."

"다음 장?"

그 말에 팀장은 고개를 갸웃하면서 서류를 넘겼다.

그다음 장에도 역시 비슷한 논조의 글이 적혀 있었다.

군대가 일어나서 국가를 전복하고 현 대통령과 민주수호당을 파멸시켜야 한다고 외치고 있었다.

"이런 건 수백 수천 장을 봐도 바뀌는 게 없다니까."

"더 뒤로 가 주셔야 합니다."

"끄응."

어쩔 수 없이 넘기던 팀장은 한 열 장쯤 넘어가고 나서야 눈이 묘하게 변했다.

"이거 뭐야?"

지금까지와는 다르게 '군대여, 일어나라.'라는 말이 아닌 사람의 이름과 직책 그리고 전화번호가 적혀 있었다.

"일부 군부대 대령급 이상의 개인 전화번호입니다. 특히 수도방위사령부 소속이 많습니다."

"아니, 씨팔. 이게 왜 여기서 튀어나오는데? 이건 국가 기밀이라고!"

군인들의 개인 정보는 보안 사항이다.

장교의 전화번호나 소속은 절대로 이런 공개된 인터넷에 드러나서는 안 된다.

"그래서 문제가 되고 있습니다."

"문제?"

"이 전화번호로 전화해서 국가를 전복하라고 협박하는 사람들이 있답니다."

그 말에 팀장의 얼굴이 딱딱하게 굳었다.

개인이 인터넷에 헛소리하는 거?

그건 뭐라고 할 수 없다. 개인의 자유니까.

'군대여, 일어나라'든 '외계인이여, 일어나라'든 그건 개인의 헛소리일 뿐.

하지만 진짜 군인에게 전화해서 그런 걸 강요하기 시작한다면 그때부터는 이야기가 달라진다.

"아니, 이런 미친 새끼들이! 그게 사실이야?"

"네, 이미 각 부대에 확인해 봤습니다. 실제로 대부분의 장교들이 몰려드는 전화로 인해 업무 자체가 불가능할 정도로 지장을 받고 있답니다."

"이런 미친 새끼들!"

군인에게 쿠데타를 일으키라고 하는 것은 단순한 의견 표현이 아니다. 명백하게 현 국가보안법 위반이다.

"국방부에서는 뭐래?"

"아직 반응은 없습니다. 하지만 국방부도 심각하게 받아들이고 있습니다."

개인의 정보가 털렸다. 여기에 올라와 있는 것은 전화번호뿐이지만 이미 주소까지 털렸을 수도 있다.

"미친 새끼들이 뭔 짓을 하는 거야!"

국정원 팀장은 심장이 미친 듯이 벌렁거렸다.

과거 홍안수의 친위 쿠데타 당시에 국정원의 고위 간부들이 연관되어서 얼마나 고생했던가? 그런데 쿠데타를 요구하는 세력이 나타나다니.

"이건 그냥 넘어갈 수 없어. 국방부와 이야기해서 협의를 위한 담당자를 불러. 아니, 그건 내가 할 테니까 빨리 비상 걸고 요원들부터 불러."

"네, 팀장님."

"아니, 이런 미친……."

팀장은 이 상황을 어떻게 해야 할지 정신이 아찔했다.

"다행히 전부는 아니라고 합니다만."

국방부 역시 국정원과 마찬가지로 난리가 났다. 개인 전화번호뿐만 아니라 군 내부의 전화번호까지 새어 나갔기 때문이다.

심지어 국방부 장관의 직통 전화번호와 핸드폰 번호까지 새어 나가서, 전화해서 국가를 전복하라고 하는 놈들이 넘쳐났다.

"도대체 이게 어떻게 된 겁니까? 어디에서부터 시작된 겁니까?"

"조사 결과에 따르면 시작된 곳은 일부 단톡방이라고 합니다."

"일부 단톡방요?"

"네, 평소에도 문제가 많았다고는 하는데……."

"끄응, 어디를 말하는지 알 것 같군요. 거기 새끼들은 진짜……."

애초에 단톡방이라는 건 목적성을 가지고 사람들이 모이는 곳이다. 그런데 모든 단톡방의 목적성이 좋은 것이기만 할 수는 없는 법이다.

문제는 그런 곳에서 활동하는 사람들 중에 군인도 있다는 거다.

실제로 군인들에게 특정 정당을 지지하도록 알게 모르게 세뇌가 이루어지고 있기 때문에 확신에 가까운 의심이었다.

"이거 아무래도 군 내부에서 정보가 샌 것 같지?"

"그런 것 같습니다. 그게 아니고서야……."

"후우~ 씨발. 어떤 미친 새끼야?"

물론 개개인의 단톡방을 군대가 모두 감시하거나 할 수는 없다.

홍안수 시절에는 그런 게 가능했지만, 홍안수가 끌려간 후에 국방부에서 개인의 단톡방을 감시하는 것은 원천적으로 금지되었다.

문제는 군인들 중에서 질이 떨어지는 놈들이 똥인지 된장인지 구분하지 못하고 설치기 시작했다는 거다.

어쩔 수가 없는 게, 친위 쿠데타가 일어난 후에 군대 이미지가 워낙 나빠져서 질 좋은 인재가 들어오지 않았기 때문이다.

그렇잖아도 장교와 하사관의 질이 떨어지는 게 대한민국 군대의 가장 큰 문제였는데, 이제는 똥과 된장도 구분하지 못하는 놈들이 넘쳐 나 사방에서 문제가 발생하고 있는 상황이다.

한때 최고의 수재들만 가는 곳이었던 사관학교들조차도 이제는 간신히 미달만 면하고 있는 수준.

이런 상황에서 생각지도 못한 정보의 공개로 인해 각 장교들이 외부에서 무작위로 공격당하는 건 예상하지 못한 일이었다.

"이거 어떻게 해야 하냐? 고발해야 하나?"

"해야 하지 않겠습니까?"

"그랬다가 욕먹으면 어쩌려고?"

국방부 입장에서는 그게 가장 골치 아픈 문제였다.

개인의 핸드폰? 그거야 귀찮더라도 바꾸면 그만이다.

문제는, 현행법상 군인에게 강제로 쿠데타를 청부하는 전화를 거는 행동이 명백한 위법행위라는 거다.

"하지만 이대로 놔둘 수도 없습니다. 한번 새어 나간 정보는 또 새어 나갈 수 있습니다. 더군다나 이야기를 들어 보니 국정원에서도 알아내고 대응책을 찾고 있다고 합니다."

"국정원? 하아, 씨팔."

국정원에서 이미 대응책을 찾고 있다면 이쪽에서 감추고

싶다고 해서 감출 수 있는 게 아니다.

"전화한 사람들에게 국가보안법 위반 혐의로 고소를 진행해야 할 듯합니다."

"아니, 꼭 그래야 해?"

"장군님, 이건 생각보다 큰 문제입니다."

군대에 전화해서 쿠데타를 종용하고 국가 전복을 요구하는 상황이다.

물론 대부분의 군인들은 무시하겠지만 일부라도 국민의 요구라는 핑계로 들고일어난다면 그때부터 대한민국은 내전에 들어가는 거다.

"최소한 조사라도 해야 합니다."

"그렇겠지."

결국 장군들은 고개를 끄덕거렸다.

"전 장교들더러 만일에 대비해서 전원 출근하라고 해. 그리고 전화 온 낯선 번호들 전부 제출하라고 해."

다른 선택지는 없었다.

⚖️

─최근 일부 극우주의자들이 군부대와 군인들의 전화번호를 취득하여 군부대에 전화를 걸어 쿠데타를 종용하고 국가 전복을 요구한 사실이 알려지면서 다시 한번 사회에 충격을 주고 있습니다. 이들은

자신들과 정치적 의견이 다르다는 이유로 현 정권을 무너트리고 군정을 해야 한다고 주장하면서…….

뉴스에서는 연일 이번 사건에 대해 떠들었다.

국정원과 군대에서 아무리 감추고 싶어 한다 해도 애초에 감춰질 수 있는 사건이 아니었다.

다른 것도 아니고 쿠데타 사주 아닌가?

당연하게도 얼마 전까지만 해도 톡과 SNS로 국가를 전복시켜야 한다느니 빨갱이는 다 때려죽여야 한다느니 하던 사람들은 다급하게 방을 터트리고 도망갔다.

물론 그런다고 해서 그들이 경찰의 조사를 피할 수는 없는 노릇이었지만.

그리고 그 사실을 알게 된 송정한은 혀를 내두를 수밖에 없었다.

"전화번호를 올린 게 자네라고?"

송정한은 생각지도 못한 말에 살짝 놀랐다.

"네. 장교들 전화번호를 알아내는 건 어렵지 않으니까요."

실제로 장교들은 자기 전화번호를 질질 흘리고 다닌다.

어쩔 수가 없다. 애초에 핸드폰이라는 게 통화를 위해 만들어진 물건이니까.

"게다가 요즘은 장교들의 전화번호를 장병들의 부모에게도 주기 때문에 더더욱 어렵지 않습니다. 전부는 아니고 일부일 뿐이지만요.”

“하지만 그 후에 어떻게 일이 벌어진 건가?”

“사실 자유신민당은 매번 군대의 도움을 받아서 권력을 잡아 왔습니다. 세 번의 쿠데타가 전부 자유신민당과 관련이 있지요.”

물론 세 번째로 일어난 홍안수 친위 쿠데타에는 자유신민당이 직접적으로 연관되어 있지 않다.

하지만 홍안수가 자유신민당이 심어 둔 스파이였기에, 사람들은 홍안수 친위 쿠데타 역시 자유신민당의 쿠데타로 인식하고 있었다.

“그래서 거기서 떠드는 놈들은 군대를 자기편이라고 생각하죠.”

하지만 군대는 세 번째 쿠데타 이후로 중립을 지키려고 노력 중이다.

물론 오랜 시간 군부와 손잡아 온 역사가 있는 탓에 자유신민당과 여전히 가까운 편이고 장군들이 제대하면 거의 100% 자유신민당으로 가긴 하지만, 최소한 군 내부에 쿠데타에 관해서까지 대놓고 자유신민당 편을 들어 주는 사람은 없다.

최소한 외견으로는 그랬다.

“그래서 군대에 그렇게 쿠데타를 일으키라고 소리 지를 거라 예상했다고?”

"애초에 그놈들은 위법이라는 것에 대한 개념이 없으니까요. 그들은 자신들이 다른 사람들보다 훨씬 우월하다고 생각합니다. 그래서 그런 짓을 벌여도 문제가 될 거라는 생각조차 하지 않았을 겁니다. 실제로 송 의원님께 그 난리를 쳐도 고소당하지 않으니까요."

송정한 입장에서는 차마 국민의 입에 재갈을 물린다는 말을 들을 수가 없어서 참고 있는 거지만 그들은 그렇게 생각하지 않는다.

"그들은 자기들이 그렇게 항의해도 군대나 국정원에서 아무 말 하지 않을 거라고 생각한 거죠."

하지만 행정복지센터에 전화해서 공무원에게 성질을 부리는 것과 군대에 전화해서 쿠데타를 일으키라고 말하는 것은 전혀 다른 문제다.

정확하게는 행정복지센터에 전화해서 이유 없이 성질을 내는 것도 공무집행방해가 맞지만, 행정복지센터에서 지역 주민과 얼굴을 붉힐 이유가 없기 때문에 모른 척해 주는 것뿐이다.

하지만 국정원과 국방부 입장에서는 아무리 좋게 봐주려 해도 조사할 수밖에 없다.

다른 것도 아닌 쿠데타 사주다.

만일 이걸 그냥 두면 언론에 새어 나갔을 때 명백하게 군대에 쿠데타의 의사가 있는 게 아니냐는 의심이 제기될 테니까 어쩔 수가 없다.

더군다나 국가 전복이라는 것은 조금씩 비가 스며들듯이 이루어진다. 그걸 사전에 차단하지 못하면 정말로 국가의 안위가 위험해진다.

"뭐, 예상보다 멍청한 사람이 많았다는 게 제가 간과한 점이긴 합니다만."

"예상보다 많았다고?"

"네. 사실 저는 잘해 봐야 한두 명 정도나 진짜로 전화를 할 거라 생각했거든요."

아무리 사전에 '군대여, 일어나라.' 같은 작업을 해 놨다고 해도 사회적으로 최소한의 상식이 있는 사람이라면 군대에 전화해서 '당장 쿠데타를 일으켜라.'라는 식의 말을 떠들어 댈 수 있을 리가 없다.

군대를 갔다 온 사람이라면 당연히 그게 불법이라는 걸 안다.

"어쨌든 제가 노린 건 비록 한두 건이라 해도 그로 인해 시작될 조사였습니다만."

가령 이백 명이 모여 있는 톡방의 누군가가 전화해서 쿠데타를 사주했다면 정부 입장에서는 그들 전부를 조사할 수밖에 없다.

물론 그 과정에서 그들 중 몇 명이 쿠데타 사주 세력인지 알아낼 수는 없겠지만, 중요한 건 그들이 조사를 위협으로 받아들일 거라는 거다.

"이런 톡을 보는 사람들은 국정원이 얼마나 무서운 조직인지 압니다. 당연히 자기들은 모른다고 딱 잡아떼겠지요. 국정원이나 국방부도 그냥 넘어갈 가능성이 크고요."

물론 전화로 군대가 쿠데타를 일으켜야 한다고 지랄한 놈들을 처리하는 것은 머리가 약간 아프기야 하겠지만, 그 정도 행위로 강력한 처벌을 받을 가능성은 그다지 크지 않다.

"확실히 그렇게 되면 효율적으로 헛소리를 차단할 수 있겠지만."

확실히 그 사건 이후로 송정한에 대해 헛소리하는 놈들은 대부분 사라졌다.

다만 그런 행동을 하는 사람들이 생각보다 많았다는 것이 문제였을 뿐이다.

"어찌 되었건 목적은 이뤘네요."

최소한 정상적인 상황에서는 사람들이 그런 자들이 넘쳐나는 곳에 가려고 하지 않을 거다.

"하지만 그렇다고 해서 완전히 끝난 건 아니지요."

일부가 사라졌다고 해서 그들이 다시 뭉치지 않는 것은 아니다.

남은 자들은 여전히 허위 사실을 유포하면서 다시 뭉칠 가능성이 크다.

"그러니까 이참에 아예 선거운동을 좀 하시지요."

"선거운동을? 아직 선거운동을 할 시기는 아닌데?"

"물론 공식적으로는 그렇지요. 하지만 한국의 정치판은 결국 이미지 정치 아닙니까?"

"그건 그렇지."

미래를 위한 건실한 정책? 깨끗한 인성?

애석하게도 한국 정치판에서는 상대방의 이미지를 얼마나 혐오스럽게 바꿔서 증오하게 만드느냐가 관건이다.

그래서 선거가 시작되면 새로운 정책이나 미래의 이야기보다 압도적으로 넘쳐 나는 게 네거티브다.

"그러니까 우리도 이미지를 만들어 두는 겁니다."

"이번 사태에 대해 무슨 발표라도 하자는 건가? 그건 이미 다른 정치인들도 하고 있는데."

이미 이번 사태에 대해 정치인들은 하나같이 우려를 표명하고 있다.

그도 그럴 게, 쿠데타라는 건 말 그대로 소수를 위한 행동이기 때문이다.

홍안수가 쿠데타를 일으켰을 당시에 자유신민당이라고 해서 안전했을까?

아니다. 자유신민당 의원들도 군인들에게 개처럼 처맞으면서 끌려갔었다.

일부 정신 나간 작자들은 자기 사상과 다르면 쿠데타를 일으켜서라도 정권이 바뀌기를 원하지만, 쿠데타는 정권이 바꿔는 게 아니라 권력자가 바뀌는 과정이다.

그리고 애초에 새로운 권력자가 미치지 않고서야 전 권력자를 살려 둘 이유가 없다.

그랬기에 자유신민당 의원들도 쿠데타라면 기겁한다.

"그게 아니죠. 지금 분위기는 확실히 이쪽으로 넘어왔습니다. 정확하게는 반쿠데타 세력이라고 해야 하나요?"

쿠데타가 이루어진 건 아니지만 여전히 쿠데타 세력은 남아 있다. 그리고 그들이 여전히 쿠데타 시도를 하고 있다.

이는 국민들에게 두려움과 공포로 남아 있다.

"기억하세요? 홍안수는 원래 선거에서 불리한 사람이었습니다. 3위. 그게 대통령 선거 직전 내부 경쟁에서 홍안수의 순위였지요."

"그건 그랬지."

그런 상황을 바꾼 건 그를 피습한 극우 세력의 행동이었다.

그 사건으로 동정표가 쏠렸고, 동시에 그를 중심으로 민주 세력이 집결했었다.

나중에야 그게 순위를 뒤집기 위한 하나의 쇼였다는 걸 알았지만.

"그걸 우리라고 쓰지 말라는 법은 없지요."

"우리라고 쓰지 말라는 법은 없다고?"

"정치도 결국 작용과 반작용의 문제죠. 애초에 정치인들이 왜 너도나도 쿠데타 세력에 대한 우려를 표명하겠습니까?"

단순히 걱정되어서?

아니다. 그렇게 함으로써 반쿠데타 세력이라는 이미지를 만들기 위해서다.

"그러니까 쿠데타 세력의 표적, 증오의 대상이 된다면 송 의원님은 이미지로 다른 정치인들을 이길 수 있게 되는 거죠."

"허?"

노형진의 말에 송정한은 자신도 모르게 탄성을 내질렀다.

확실히 그랬으니까.

노형진도 없앨 수 없다고 했던 증오. 그걸 역으로 이용해서 그들을 몰아붙이고 자신을 홍보하자고 말할 거라고는 생각도 못 했다.

"잠깐 조사한다고 해서 저쪽에서 송정한 의원님에 대한 인신공격과 허위 사실 유포를 멈출 리가 없습니다. 솔직히 이번 사태만 아니면 아주 잘 먹히고 있었으니까요."

송정한은 지금까지 저항하지 못하고 속절없이 신나게 두들겨 맞기만 했다. 이런 상황을 과연 다른 정치인들이 포기할까?

"그러니 이 상황을 역으로 이용해서 그들에게 반대하는 사람들을 집결시키면 됩니다."

일대일이라면 모를까, 송정한이 일이고 나머지가 다수가 된다면 유리한 건 송정한이다. 마치 와이플처럼 말이다.

"하지만 그걸 어떻게 한단 말인가? 물론 그쪽에서 포기하지 못할 건 당연한 일이기는 한데."

"그대로 두면 됩니다."

"뭐라고?"

"그들은 지금 송정한 의원님을 막기 위해 최선을 다하고 있습니다. 그리고 끊임없이 인신공격을 퍼붓고 있죠. 그러니까 그들의 행동은 그대로 두고, 그들에게 반역의 혐의를 뒤집어씌우면 됩니다."

"그게 쉬울까?"

"딱히 어려울 것도 없죠."

노형진은 어깨를 으쓱했다.

그들이 뭔 생각을 하는지 모를 리가 없는 노형진이다.

"그들은 바뀌지 않을 테니까요."

⚖️

쿠데타 사주 사건은 나라를 발칵 뒤집어 버렸다.

말 그대로 나라가 반 토막이 났다고 봐도 과언이 아니었다.

자유신민당에서도 극우에 속한 놈들은 국민에 대한 처벌은 과도한 처사라고 거품을 물었고, 그 외 다른 사람들은 쿠데타 사주는 당연히 국가보안법 위반으로 처벌받아야 한다고 생각했다.

그런 상황에서 사이에 끼어 버린 국정원의 분위기는 뒤숭숭했다.

물론 전이라면 생각도 안 하고 자유신민당에 붙었을 거다.

하지만 이번 사건은 명백한 국가보안법 위반이다.

간첩 사건을 조작했다가 걸린 전적이 있는 국정원이 쿠데타 사주도 그냥 넘어가면 사람들이 가만히 있을 리가 없기에, 짜증 나더라도 처벌하지 않을 방법이 없었다.

"대가리 빠개지겠네, 진짜."

"하지만 자유신민당이 불만을 품은 게 딱히 이상한 건 아니지 않습니까?"

"아니, 싯팔. 그러면 유감을 표명하지나 말든가. 툭하면 국보법 국보법 노래를 부르면서 사건 만들어 내는 새끼들이 이제 와서 국보법 적용은 잔인하다고 하는 게 말이 되냐?"

현 상황에서 가장 불만이 많은 세력은 다름 아닌 자유신민당이다.

그도 그럴 게, 가장 극렬하게 군대에 쿠데타를 일으키라고 한 자들이 자유신민당 지지 세력이었으니까.

자유신민당은 겉으로는 유감을 표명하면서 뒤로는 자기들 건드리지 말라고 눈을 까뒤집고 있었다.

"그리고 이게 자유신민당만의 문제만도 아니잖아? 민주수호당 그 새끼들도 별반 다르지 않다면서?"

그렇다고 그쪽이 대놓고 전화해서 '군대여, 일어나라.'라는 말을 한 것은 아니다.

그랬다가 정말로 군대가 일어나기라도 하면 민주수호당 세력은 모조리 총살 대상이 될 테니까.

"그 새끼들은 도대체 또 뭐가 마음에 안 들어서 지랄인데?"

그가 의문을 품는 것도 당연했다.

민주수호당 내부에서 아주 극렬한 주장을 하기 시작했기 때문이다.

송정한을 죽여야 한다.
송정한을 죽여야 나라가 산다.
송정한을 죽이자. 그래야 우리 권력을 유지할 수 있다.

단순히 송정한에게 불만을 품는 정도가 아니라, 진짜로 지금이라도 송정한을 죽여야 한다면서 게거품을 물고 날뛰기 시작한 것.

"송 의원, 자기네 사람 아냐?"

"그렇다고 해도 송 의원이 딱히 주류 파벌인 것은 아니지요."

"아무리 그래도 그렇지, 자기네 정당 국회의원을 죽이겠다는 소리가 나와?"

"더 큰 문제는 이게 민주수호당의 공식적인 입장이 아니라는 겁니다."

"너 같으면 이걸 당의 공식 입장이라고 내겠냐?"

팀장의 말에 부하는 고개를 흔들며 말했다.

"그런 문제가 아닙니다. 제가 말씀드린 건, 송정한 의원을 배제하려고 하는 공격이 중국과 일본 등지에서 집중적으로 들어오고 있다는 겁니다."

"뭐? 그건 또 뭔 소리야?"

"방금 전 조사 결과가 나왔습니다만, 실제로 송정한 의원의 살해를 주장하는 글은 중국과 일본에서 작성된 것이 대부분입니다. 입으로는 민주수호당 지지자라고 하지만 사실은 아니라는 거죠."

"미친!"

그 말에 팀장은 얼굴이 노래졌다.

그럴 수밖에 없는 게, 내정간섭 문제가 얽혀 있다 보니 타국의 정치인을 타국에서 죽여야 한다고 주장하는 경우는 극히 드물기 때문이다.

당장 중국의 샹량핑이 온갖 삽질을 하고 한국을 공격하고 있다고 해도, 한국인이 중국인 채널에 가서 샹량핑을 죽이자고 글을 쓰는 경우는 거의 없다고 봐도 무방하다.

"도대체 왜?"

"그게, 저희도 모르겠습니다. 이런 분위기를 중국과 일본에서 갑자기 적극적으로 만들어 내는 느낌입니다."

"으음……."

그 말에 팀장은 심각한 표정을 지을 수밖에 없었다.

그도 그럴 게 중국과 일본에서 한국에 내정간섭을 한 게 한두 해 문제가 아니니까.

당장 중국은 한국을 속국 취급하고 있고, 일본은 언젠가는 다시 점령해야 하는 나라로 취급하고 있다.

그렇다 보니 두 나라의 정치인들은 각자의 방법으로 한국에 영향력을 미치려고 혈안이 되어 있었다.

"두 나라가 한 사람을 죽이기 위해 혈안이 되어 있다고? 마치 짠 것처럼?"

"네."

"돌겠네."

들여다볼수록 도무지 이해가 가지 않는 상황.

팀장은 눈을 찡그릴 수밖에 없었다.

⚖️

"뭔가 이상해."

자유신민당의 주요 중진은 한데 모여서 심각하게 회의 중이었다.

"도대체 어디서부터 잘못된 건지 모르겠습니다."

"우리가 유도한 거 아닙니까?"

"물론 유도한 건 사실이기는 한데……."

사실 자유신민당도 민주수호당도, 결국은 권력을 얻기 위해 개혁에 반대하는 입장이었다.

당연하게도 송정한의 확고한 개혁 성향은 그들에게 심각한 골칫덩어리였다.

그래서 두 집단은 알게 모르게 힘을 합해서 송정한을 정치적으로 매장하려고 노력해 왔다.

그리고 그건 지금까지 잘되어 왔다.

특히 자유신민당의 증오 유발 정책은 언제나 성공해 왔다.

그래서 어렵지 않게 송정한을 매장할 수 있을 거라 생각했다.

"그런데 쿠데타라니."

바로 지난번 대통령이 쿠데타를 일으켰기에 쿠데타에 대한 사람들의 반감은 어마어마했다.

그런데 일부 세력이 점점 쿠데타로 이야기를 몰고 가기 시작하더니 대대적으로 조사가 들어왔다.

그리고 국정원과 군부대 그리고 경찰에서는 쿠데타에 대해 떠들어 댔던 곳들을 탈탈 털었다.

"일단 확실하게 떨어낸 거죠?"

"네, 일단은 그렇습니다. 어차피 그쪽에서도 크게 문제 삼지는 않을 겁니다만."

"끄응."

물론 쿠데타에 대해 떠들던 그 사이트와 단체 톡방의 뒤에 자유신민당이 있다는 걸 알기에 그들을 건드리지 않는 선에서 정리하고 있기는 하지만 말이다.

"하지만 새롭게 생기는 곳들은……."

"새롭게 생긴다니? 그게 무슨 말입니까? 당의 명령을 무시하는 겁니까?"

당분간 문제를 일으키지 마라, 이게 당의 명령이었다. 최소한 이 문제가 해결되어야 움직일 수 있기 때문이다.

"그게, 거기서 활동하던 놈들이 컨트롤에서 벗어났습니다."

"컨트롤에서 벗어났다고요?"

"네. 이건 예상하지 못한 부분이라……."

사실 생각해 보면 이상한 일이다.

특정 정치인 또는 특정 정당에 대해 안 좋은 소리를 하는 근원지가 어딘지, 그리고 그런 것에 대해 떠드는 단톡방이 어딘지 생각해 보면 누구나 이상함을 느낄 수밖에 없다.

과연 그 시작은 누가 할 것인가? 누가 수백 명을 초대해서 단톡방을 만들고 그들에게 허위 사실을 뿌릴 것인가?

당연히 당직자들이다.

그들은 선거 이전에 미리 그런 식으로 지지자들을 통제하고 여론을 컨트롤하려고 한다.

"그런데 분위기가 바뀌었습니다."

당직자들은 당의 명령에 따라 일단 위험한 발언이나 말에 대해서는 언급하지도 말라고 경고했다.

그런데 생각지도 못하게 내부의 사람들에게서 빨갱이에게 넘어갔느냐며 공격이 들어온 것이다.

당연히 아니라고 변명했지만, 이미 증오에 미쳐 버린 사람들은 방장이 빨갱이가 되었다면서 길길이 날뛰었다.

물론 당직자야 말도 안 된다고 강하게 부정했지만, 그 방의 사람들은 믿을 수 없다면서 신분을 공개하라고 요구했다.

당신이 빨갱이가 아니라는 증거를 내놓으라는 거다.

당연히 당직자 입장에서는 그걸 공개할 수가 없다. 그랬다가는 진짜 당 자체가 발칵 뒤집어질 테니까.

그래서 당직자들은 말을 못 했는데, 그 모습을 본 사람들은 지금까지 자기들을 컨트롤하던 게 빨갱이냐면서 거품을 물었고 점점 통제 불능 상태가 되어 갔다.

그리고 시간이 흐를수록 송정한과 그 패거리를 죽여야 한다면서 극단적 사상을 점점 더 강하게 토해 내고 있었다.

"이건 위험합니다."

다들 동의한다고 말하고는 있다지만 진짜로 송정한에 대한 암살이 시도될 가능성은 높지 않다.

하지만 국정원에서 의심스러운 사람들의 일거수일투족을 감시하는 이 상황에서 그런 암살 모의는 심각하게 받아들여질 수밖에 없다.

"설마 진짜로 진행되지는 않겠지요?"

"설마요."

다들 설마라고 생각하면서 걱정을 떨치려고 했다.

하지만 그들은 몰랐다. 자신들이 얼마나 멍청했는지 말이다.

통제란 오만이다

"소위 똑똑하다고 하는 사람들은 모든 걸 통제할 수 있을 거라 생각합니다. 실제로 그런 식으로 굴면서 대부분은 통제에 성공하죠."

"하지만 이번에는 그 통제를 넘어갔다 이건가?"

"맞습니다. 증오를 잔뜩 자극해 놨으니까요."

더군다나 쿠데타의 경우는 구조적으로 자유신민당 파벌에서 이야기를 꺼낼 수밖에 없는 일이었기에 조사는 그쪽 파벌로 쏠릴 수밖에 없다.

"자유신민당 파벌에 속한 사람들의 머릿속에는 이미 '빨갱이가 대한민국을 지배하고 있다.'라는 생각이 존재하고 있습니다."

자신들의 행동이 위법이며 명백한 국가보안법 위반이라는 걸 그들은 인식하지 못한다.

  그저 자기들과 정치적 의견이 다르면 빨갱이이며, 빨갱이는 죽여야 한다고 생각할 뿐이다.

  "그리고 그런 이들에게 제가 던진 미끼는 이거죠."

  노형진은 슬쩍 종이를 내밀었다.

  "중국 내에 있는 차명 계좌입니다."

  "중국 내 차명 계좌라……."

  "진짜로 킬러를 고용할 수는 없지 않습니까?"

  아무리 노형진이 이슈 몰이를 통해 송정한에게 좋은 이미지를 만들어 주고 싶어 한다지만 진짜로 홍안수처럼 직접 킬러를 사서 보낼 수는 없다.

  일단 킬러에게 사주해 놓고 '죽이면 안 된다.'라고 말할 수도 없거니와, 애초에 송정한 정도 되는 저명인사를 죽일 사람은 없다.

  송정한은 다른 사람도 아니고 대선 유력 후보, 즉 차기 대통령 후보다.

  그런데 그런 사람을 죽인다?

  아마 나라가 발칵 뒤집어지고도 남는 일일 거다.

  "그렇다고 해서 우리가 여기서 멈춘다면 송 의원님에게 투사의 이미지를 만들어 드릴 수도 없죠."

  "설마 이 계좌는 그 목적을 위해서……?"

"네, 지금쯤 인터넷에 신나게 퍼지고 있을 겁니다."

송정한을 죽이기 위한 모금 계좌.

말도 안 되는 소리다.

한 나라의 정치인을 죽이기 위해 모금을 한다? 그것도 그 나라에서?

"대체 누가 돈을 내겠나?"

"애석하게도……."

노형진은 쓰게 웃었다.

"이미 모였습니다."

"뭐?"

"송 의원님을 죽이기 위한 이 모금 계좌에 현재 12억이 모였습니다."

"아니, 미친! 정말 돈이 모였다고?"

"책임의 분산 때문입니다."

"책임의 분산?"

"네."

누군가를 혼자서 책임지고 죽이라고 한다면 사람들은 과연 죽일까?

절대로 못 죽인다.

사람을 죽이는 것에 대한 두려움도 있을 테고, 결정적으로 그 후에 책임 문제에서도 자유롭지 못할 테니까.

"하지만 한 사람이 3만 원, 5만 원쯤 내는 수준이라면 어떨까요?"

"사형대의 버튼이다 이건가?"

"아시네요."

"알지. 저격수들의 딜레마와도 같은 의미니까."

사형대의 버튼이란 사형을 집행할 때 다수의 버튼을 두고 여러 사형집행인들에게 누르게 하는 행위를 의미한다.

버튼은 적게는 세 개, 많게는 다섯 개로 구성되어 있는데, 실제로 사형대에 연결된 것은 그중 하나뿐이다.

그것도 완전히 랜덤하게 연결되어 있기 때문에 다수의 사형집행인이 동시에 누를 경우 누가 사형을 집행시켰는지 알 수가 없다.

사형을 집행하는 데 이러한 복잡한 방식을 취하는 이유는 사형을 집행하는 사람의 심적 부담을 줄이기 위함이다.

저격수의 딜레마는 그로 인한 충격에 관련된 문제다.

다른 전쟁터에서의 싸움과 다르게 저격수는 자신이 쏜 총에 확실하게 사람이 죽는 걸 보기 때문에 정신적 충격도 훨씬 크다.

그래서 훨씬 강도 높은 정신 훈련을 받는다.

저격수라는 게 멋져 보이지만 업무 이후에 PTSD가 얼마나 심한지 안다면 아마 지원하는 사람은 거의 없을 것이다.

노형진이 계좌 이체를 받은 이유도 이와 같다.

모금에 참여한 사람들은 고작 몇만 원 받고 정말로 사람을 죽일 거라고는 생각하지 못했다고 주장하면서 양심의 위안을 얻겠지만, 마음 한편으로는 송정한을 죽이려는 계획이 실행되기를 간절하게 기대하고 있을 거다.

"이 계좌로 송정한 의원님을 죽일 킬러를 사기 위해 모금을 한 건 사실입니다. 그걸 대놓고 표방하면서 각 사이트에 뿌렸죠."

"하지만 사람들이 호응하지 않는다면?"

"우리가 손해 볼 게 있나요? 우리에게 중요한 건 쿠데타 세력이 송정한 의원님을 죽이고 싶어 한다는 증거죠."

땡전 한 푼 안 들어왔다고 하더라도 일부 세력이 암살을 시도한 것은 사실이기에 문제가 없었다.

"솔직히 이렇게 많이 들어온 건 예상외의 일이지만요."

그 말에 송정한의 표정이 우울해졌다.

"왜 그러십니까?"

"그냥, 도대체 증오가 얼마나 우리 세상을 좀먹고 있는지 생각하니 슬퍼져서 그러네."

"어쩔 수 없습니다. 증오를 이용하는 건 모두 다 아니까요."

입으로만 증오 없는 세상을 외칠 뿐, 너도나도 증오를 이용해서 이익을 내기 바쁘다.

그 상황에서 노형진이 증오 없이 세상을 투명하게 만들겠다고 해 봐야 결국 수많은 병신 중 한 명이 될 뿐.

"전부터 말씀드렸다시피 청소를 위해서는 몸에 똥이 묻는 걸 각오해야 합니다. 증오를 없애고 싶다면 그게 가능한 위치까지 올라가야 하고요."

"끄응…… 알면서 시작하긴 했지만 속이 편한 건 아니군."

"저도 마찬가지입니다."

"일단 돈은 그렇다고 치고, 이후에는 어떻게 되겠나?"

"뭐, 지금쯤 국정원에서도 이 모금 사실을 알겠지요."

노형진은 어깨를 으쓱하며 말했다.

국정원이 아무리 병신이라고 해도 송정한 의원을 죽이기 위해 불특정 다수가 모금을 한다는데 그걸 모를 수는 없다.

"그리고 자연스럽게 그 분노가 터져 나올 겁니다."

⚖️

노형진은 슬쩍 해당 정보를 언론에 넘겼다. 그리고 언론사에서는 그걸 대서특필했다.

대한민국 수십 년 역사에서 정치인을 죽이겠다고 사람들이 직접 나선 사건은 처음이었으니까.

물론 정치적인 의견이 맞지 않아서 몰래 암살이 벌어진 건 처음이 아닐 거다.

하지만 반대파 지지 세력이라는 존재가, 자신의 마음에 들지 않는다는 이유로 상대방 국회의원을 청부 살인하겠다고 모금까지 한 것은 초유의 사태였다.

이건 비단 한 정당의 문제가 아니었다.

한쪽에서 이런 식으로 행동하면 다른 쪽도 보복을 위해 똑같이 행동하게 될 테니, 정치인들은 정당이나 소속과 상관없이 언제 대갈빡에 총구멍이 날지 두려워하면서 살아야 하기 때문이다.

당연히 인터넷에서 대부분의 사람들은 이 비정상적인 상황에 황당해하면서도 극도로 분노했다.

-나라 꼴 잘 돌아간다.

-이제 자기 마음에 안 든다고 정치인이고 뭐고 돈 주고 다 죽이는구나.

-내가 재벌가에서 마음에 안 든다고 사람 죽이는 건 봤지만 모금까지 해서 사람 죽이는 새끼들은 또 처음이네.

-이거 그 쿠데타 사주 세력이지? 그 새끼들이야 뻔하지 뭐.

-그나저나 그거 돈 출금해 갔다던데, 진짜로 킬러 사서 보내는 거 아니냐?

극도의 반감을 품은 사람들.

하지만 반대로 인터넷에는 그들을 공격하는 사람들도 있었다.

-입 닥쳐, 빨갱이 새끼야!

-빨갱이 죽이는 게 뭐 어때서?
-빨갱이 새끼들 다 때려죽여서 나라를 살리자!

극도의 증오로 점철된 글들.
그리고 그런 글들을 보면서 사람들은 또다시 역으로 분노하기 시작했다.

-민주주의가 뭔지도 모르냐?
-독재가 좋으면 북한으로 가, 이 새끼들아.

인터넷은 난리가 났다.
암살을 지지하는 극소수와, 대부분의 정상적인 사람들의 싸움.
하지만 그들은 몰랐다.
암살을 지지하는 극수소가 사실은 중국에서 돈 받고 글을 올리는 놈들이라는 걸.
노형진이 미쳤다고 진짜로 암살을 시도하겠는가?
하지만 암살을 시도하는 세력이 있다는 것만으로도 충분히 송정한의 존재감을 어필했고, 또한 동시에 송정한을 중심으로 진보 세력이 모여들게 하는 계획을 성공시켰다.
"총 한 발 쏘지 않고 한국 정치판을 완전히 바꿔 버렸군."
송정한은 쓰게 웃으며 말했다.

분명 자신이 이야기했지만 그래도 그걸 성공시킬 거라고
는 기대도 못 했으니까.

"다만 씁쓸하군. 결국 증오를 이용한 거 아닌가?"

"제가 누차 말씀드리지만 뭔가를 바꾸기 위해서는 그에 걸
맞은 자리로 가야 합니다."

　전국 1등이 대학 성적으로 사람을 판단하는 세상에 대항
하기 위해 대학 입학을 거부한다고 하면 파장이 크겠지만,
전국 꼴등이 그렇게 말하면 병신 취급받을 뿐이다.

"솔직히 평범한 의원에 불과했던 송정한 의원님께서는 그
런 말을 하셔도 아무런 영향력이 없으셨죠. 하지만 이번 사
태로 그런 말을 할 수 있는 자격을 얻으신 겁니다."

"자격이라……."

　송정한은 그 말에 쓰게 웃었다. 틀린 말은 아니니까.

　본인이 피해자이기에 용서를 입에 담을 수 있지, 단순 국
회의원이었다면 증오를 정치에 이용하지 말자고 해 봐야 들
은 척도 안 할 거다.

"하지만 이건 분당과는 관련이 없는 것 같네만."

"관련은, 만들면 됩니다."

"무슨 소리인가?"

"이번 사태에 대해 자유신민당은 골치가 아파서 꼼짝도 못
할 겁니다. 그런데 민주수호당은 어떨까요?"

"민주수호당 쪽은…… 글쎄. 확실히 그쪽도 편하지는 않

겠군."

자유신민당 쪽이야 이번 사태를 일으킨 놈들이 자기들 파벌에 속하는 자들이니 그쪽과 손절을 하기 바쁠 거다.

언론에 대고 개인의 의견은 보호해야 한다는 헛소리를 하기에는, 쿠데타 사주와 현직 국회의원의 청부 살인은 용납할 수 없는 범죄니까.

만일 그걸 용납하면 자기들 대가리에 납탄이 박힐 수도 있는 일이다.

결국 그들이 할 수 있는 건 최대한 입 다물고 이런 주장을 하는 세력과 손절 치는 것.

그에 반해 민주수호당은 문제 제기를 하고 가열하게 공격할 수 있는 타이밍이다. 심지어 이번 선거에서 그들은 다수당이 되었다.

그럼에도 불구하고 무척이나 조용하다.

아니, 조용한 걸 넘어서 대놓고 방치하는 분위기다.

"뭐, 예상대로죠. 그쪽에서는 송 의원님이 권력을 챙기는 게 불편할 수밖에 없으니까요."

송정한이 유명해지고 대선 후보로서 조금씩 성장하는 걸 막고 싶은 게 민주수호당이다.

그러니 이걸 문제 삼아서 공격하지 않는 거다.

"그러니까 이걸 문제 삼아서 민주수호당에 항의하세요."

"항의한다고 해서 뭐가 바뀌겠나?"

물론 원론적인 수준에서의 의견 발표 정도야 해 주겠지만 송정한을 지키기 위해 본격적인 정치적 투쟁을 하지는 않을 거다.

"그래서 공식적으로 항의하라는 겁니다. 지금은 가만히 있어 봤자 호구 취급받을 뿐입니다. 우리가 나가기 위해서는 상대방을 병신을 만들어야 합니다."

"어떻게 하려고?"

"아 다르고 어 다르다는 게 뭔지 느끼게 해 줘야지요, 후후후."

"뭐라고?"

"더 이상 증오 정치를 해서는 안 됩니다. 자유신민당과 손잡고 서로에 대한 증오 정치를 멈출 방법을 찾아야 합니다."

"뭔 개소리야?"

최근에 전 당 대표인 곽차수를 꺾고 민주수호당의 당수가 된 최재만은 송정한의 말에 기가 막혀서 되물었다.

"그러니까 우리가 자유신민당이랑 손잡아야 한다 이거야?"

"네. 정확하게는 증오 정치를 막을 수 있는 새로운 법을 만들어야 합니다. 선거에서의 네거티브 금지법을 만들어야 합니다."

최재만은 기가 막혀서 말이 안 나왔다.

"누구 마음대로……."

"누구 마음대로가 아니라, 지금 상황은 너무 과열되어 있습니다. 국회의원을 죽이겠다고 떠들고 쿠데타를 사주할 정도로 과열되는 정치판이 정상이라고 생각하십니까?"

당연히 정상이 아니다.

하지만 대한민국의 정치판은 애초부터 정상이 아니었다.

이 바닥은 미치지 않고서는 못 버티는 곳이다.

"송 의원, 미쳤어?"

지금 자기들이 얼마나 꿀을 빨고 있는가?

물론 송정한이 치고 올라오는 게 불편하기는 하지만, 그래도 지금 여론이 마음에 들지 않는 건 아니다.

당장 국민들의 의혹의 눈초리가 쏠린 탓에 자유신민당은 꼬리를 잔뜩 말고 있으니까.

"현재만 봐서는 안 됩니다. 당장이야 눈치 보여서 조용히 있을지 몰라도, 선거철만 되면 무조건 네거티브가 튀어나오지 않습니까?"

그때는 합리적인 의심이나 설득이 먹히지 않는다.

오로지 증오만을 자극하고, 상대방에게 죄를 만들어서라도 뒤집어씌우려고 발악하기 때문이다.

"그걸 막아야 합니다."

"왜?"

"왜라니요? 당연히 조국의 미래를 위해서입니다."

'그러니까 내가 미쳤냐고.'

최재만을 비롯해서 구태에 익숙한 정치인들은 기존의 네거티브 전략을 선호한다.

그들은 결코 송정한이 요구하는 새로운 방식, 즉 정책 대결을 좋아하지 않는다.

아니, 애초에 모든 국회의원은 그걸 싫어한다.

왜냐? 그걸 할 능력이 안 되기 때문이다.

공약은 공허한 약속이라는 말이 있다. 지키지 않아도 그만 아닌가?

입으로는 자기네 지역구에 국제공항이며 거대 신도시며 얼마든지 펑펑 만들어 줄 수 있다. 게다가 선거가 끝나면 지키지 않아도 되는 소리다.

그에 반해 송정한이 요구하는 것은 기본 설계와 예산 확보 방안까지 요구하는, 전형적인 정책의 홍보 대결이었다.

지금 이대로라면 얼마든지 쉽게 선거를 치를 수 있는데 송정한이 요구하는 정책 대결로 굳이 바꿀 필요가 뭐가 있겠는가.

"우리가 굳이 그럴 이유가 있나?"

"네?"

"지금은 우리가 유리해. 가만히 있어도 표가 쏟아지는 판국이란 말이야. 그런데 왜 굳이 바꿔야 하지?"

송정한은 그 말에 기가 막혔다.

'이런 놈이 당 대표라니.'

물론 지금은 자신들이 유리하다. 하지만 그 지지가 과연 영원할까?

아니다. 다음 선거에서 민심이 어찌 변할지는 아무도 모른다.

그렇기에 정책은 공정하게, 그리고 국민을 위하는 방향으로 가야 한다.

그런데 당장의 지지가 충분하다고 가만히 있자니.

더군다나 현재의 지지는 이쪽이 잘해서 얻은 게 아니다.

단순히 쿠데타 세력에 대한 반감과 민주주의의 상징인 국회의원을 죽이겠다는 협박에 대한 저항이 결합해서 송정한에게 쏠린, 일종의 허상이다.

그런데 그걸 자기네 지지라 생각하고 가만히 있겠다니.

'역시 분당 말고는 답이 없구나.'

그동안은 참았다. 나름의 의리 때문에.

하지만 지금 보니 이미 의리를 지킬 이유조차 없는 관계가 되어 버렸다.

"송 의원도 그냥 가만히 있어. 우리는 가만히 있다가 굿이나 보고 떡이나 먹으면 되는 거야."

송정한에게 경고 조로 말하는 최재만.

하지만 송정한은 그럴 생각이 없었다.

"그럴 수는 없습니다."

"그럴 수 없으면, 탈당이라도 하겠다는 거야?"

"네. 신당 창당하겠습니다."

그 말에 최재만은 코웃음을 쳤다.

"해 보든가."

이미 당직자들을 충분히 위협해 놨다.

과거에는 갑작스러운 행동에 당했지만 이번에는 분당을 막기 위해 나름 경고해 둔 상황.

"진짜로 합니까?"

"해 보쇼."

"쇼?"

"어차피 따로 간다면서? 당신만 나가면 될 일이야."

국회의원이 아니라 어디 시정잡배처럼 구는 최재만을 보면서 송정한은 기가 막혔다.

'어쩌다가 민주수호당이······.'

당 대표라면 분열을 막기 위해 최소한의 노력은 해야 한다. 그런데 그런 의사조차도 없어 보인다.

"알겠습니다."

송정한은 쓸쓸한 얼굴로 자리에서 일어났다.

분명 노형진이 말하기는 했다, 결국 분당하게 될 거라고.

피하고 싶었던 미래였지만 역시 그럴 수는 없었던 모양이다.

"분당하도록 하죠."

그 시각, 노형진은 다른 변호사들과 함께 다음에 일어날 사태인 분당에 대해 이야기하고 있었다.

"안 봐도 뻔하죠. 이번에는 송정한 의원님을 내쫓으려고 할 겁니다."

"어째서요?"

고연미 변호사는 고개를 갸웃하며 물었다.

"지지 세력이 갈라지는 걸 막으려는 거라네."

그러자 정치에 대해 잘 아는 김성식 대표가 대신 설명해 줬다.

"지금 반쿠데타 세력은 지난번 사태로 인해 민주수호당을 지지하지. 송정한 의원이 그 안에 있으면 민주수호당의 다음 대선 후보로서는 확정적이지. 하지만 송정한 의원이 탈당한 다면 그들은 선택해야 해."

송정한이냐 아니면 민주수호당이냐.

그리고 그간의 경험과 기록을 봐서는, 사람들의 기대는 송 정한이라는 개인보다는 민주수호당이라는 당으로 쏠릴 가능 성이 크다.

"어쩔 수가 없죠. 사람들이 원하는 개혁은 혼자서 할 수 있는 게 아니니까."

"맞아. 민주수호당이 지금까지 명맥을 유지해 올 수 있었던 치사한 수법이지."

개혁한다면서 개혁파 국회의원들의 지지를 등에 업고 선거에서 이긴 후 그들을 축출한다.

그런 식으로 그들은 진보라는 이미지는 가지고 있으되 실제로는 조금도 개혁하지 않는 방식으로 권력을 유지해 왔다.

"그런데 송 의원은 아무래도 개혁파의 거두니까 말이지."

"더군다나 지금 송정한 의원님을 빼면 대권에 가장 가까운 자는 최재만이니까요."

이미지 정치가 판을 치는 선거판에서 송정한을 빼면 가장 민주 계열의 거두 취급받는 게 바로 최재만이다.

최재만은 민주수호당이 다수당이 되기 직전 내부 권력 투쟁에서 승리하여 전 당 대표인 곽차수를 꺾고 당수가 되었다.

다음 대선에는 누가 나와도 대통령이 될 거라는 분위기이기 때문에, 최재만은 온갖 네거티브와 더러운 짓을 모두 동원해 승리를 쟁취했다.

그렇기에 그에게 있어서 네거티브는 다음 선거에서 써야하는 중요한 전략 중 하나였다.

그러니 그는 어떻게 해서든 송정한을 내보내고 싶을 거다.

"그리고 최재만은 아마 내부 관리가 확실하게 성공적이라고 생각할 겁니다."

지난번에 송정한이 분당을 미끼 삼아서 한번 휘둘렀으니 이번에는 휘둘리지 않겠다고 생각하면서 내부를 단속할 건 당연한 일.

"하지만 이 세상에 완벽한 통제란 있을 수 없죠."

세상이 완벽하게 통제된다면 어떤 사고도, 어떤 불행도 없을 것이다.

하지만 매일같이 사고가 터지고 매일같이 문제가 터지는 게 바로 세상이다.

"노 변호사님에게는 확실하게 국회의원들을 데려올 방법이 있으신가요?"

"맞아. 지난번에야 이권으로 휘둘렀지만 이번에는 안 될 텐데."

모두가 궁금해하며 쳐다보자, 노형진이 어깨를 으쓱였다.

"생각해 보면 간단한 겁니다."

"간단하다고?"

"민주수호당에서 국회의원들을 단속하는 방법이 뭐겠습니까?"

"그거야……."

"글쎄."

고민하는 사람들.

가만히 듣고 있던 무태식이 문득 생각난 듯 말했다.

"협박?"

"정답입니다."

민주수호당은 이권을 챙겨 줄 수 없다.

물론 아예 안 챙겨 주지는 않겠지만 현실적으로 한계가 명확하다.

특히나 신참 국회의원들의 경우는 이권을 주기도 애매하다.

"다들 아시겠지만 말입니다, 우리가 가진 이권에 대한 보상은 추가로 이루어진 적이 없습니다."

"응? 무슨 말인가?"

"새론을 통한 미다스에 대한 투자 말입니다."

단 한 번만 받아 줬을 뿐 그 후로는 받아 준 적이 없다.

즉, 새롭게 국회의원들이 된 사람들은 새론에 투자한 적이 없다는 거다.

"그러고 보니 왜 그런 건가요?"

고연미는 그 부분은 몰랐기에 고개를 갸웃하면서 물었다.

1회 차 이후로 국회의원이 된 사람들은 받아 준 적이 없다니.

"아, 그건 국회의원들이 원했던 거라네."

"네? 왜요? 깨끗한 정치를 하고 싶다고요?"

"아니요. 정반대입니다. 신인이 선거자금을 확보하는 걸 원하지 않았거든요."

"아하!"

새론을 통해 미다스에 투자한 자금으로 막대한 이익을 낸 기성 정치인들은 선거에서 언제나 유리한 고지에 있었다.

그렇잖아도 유리한 고지에 있었던 사람들이 더더욱 유리해진 거다.

그들은 자신의 기득권을 유지하기를 원했고, 그래서 새론을 압박해서 새롭게 국회의원이 된 사람들의 투자를 받지 못하도록 했다.

"이제 규칙을 바꾸겠습니다. 모든 계약은 파기합니다."

노형진이 굳이 권력자들에게 그렇게 투자할 기회를 준 것은 그들에게 목줄을 채우려고 한 계획도 있었지만, 동시에 자금에 여유가 있으면 부패를 저지르지 않을 거라는 작은 기대도 있었기 때문이다.

'하지만 안 저지르기는 개뿔.'

도리어 돈맛을 본 놈들은 눈깔이 돌아가서 더더욱 많은 돈을 달라고 부정부패를 요구하고 있다.

"계약을 해지한다고 해서 국회의원들이 올까요?"

지난번에는 그 계약을 해지한다는 위협으로 쇼를 하기는 했지만 사실 진짜로 올 거라고 생각하기는 힘들었다.

"새로 국회의원이 된 1선 의원들이나 2선 의원들은 흔들릴 겁니다."

그들도 내부에 들어와서 민주수호당이 자신들이 생각하던 그런 곳이 아니라는 것을 어느 정도 느끼고 있을 시점이다.

개혁은 하고 싶지만 현실에 부딪히는 상황.

"물론 돈 때문에 오라고 하면 안 올 겁니다."

있는 게 사라지는 건 못 버티겠지만, 애초에 가지고 있지도 않았던 상황에서는 그게 없어진다고 한들 그다지 관심도 가지지 않을 거다.

"그 대신에 다른 사람들이 흔들리겠지요."

"다른 사람들?"

"구 국회의원들요. 썩어도 준치라는 말이 괜히 생긴 게 아니니까요."

쾅!

국회의원. 한번 국회의원은 영원한 국회의원이라는 말이 있다.

실제로는 말 그대로 한 번 국회의원을 하는 걸로는 의미가 없지만 한 3선쯤 하고 나면 알게 모르게 당에 대한 영향력이 남아 있다.

당 내부에 알게 모르게 힘을 쓸 수 있게 되는 것이다.

비록 국회의원 선거에서 떨어지면 더는 드러내지 못하게 되지만, 그렇다고 해서 그들의 권력욕까지 함께 사라지는 건 아니니까.

"이게 말이 됩니까!"

미다스의 계약 해지.

지난번처럼 경고 수준에서 그친 게 아니라 실제로 실행이 되어 버렸다. 이미 돈까지 입금이 끝난 상태인 것이다.

당연히 과거의 국회의원들은 분노가 폭발했다.

물론 투자에 대한 계약 해지야 일방의 결정에 의해 이뤄질 수 있다고 계약서에 명시되어 있긴 하지만, 그렇다곤 해도 진짜로 이렇게 다짜고짜 계약이 해지될 거라고는 생각도 못 했기 때문이다.

"도대체 왜 이런 말도 안 되는 짓거리를 한 겁니까?"

"아마도 당하고 또 문제가 생긴 것 같습니다."

"당하고?"

"네. 소문으로는 송정한이 또 신당 창당을 주장한다고 하더군요."

"끄응."

지난번에도 한번 생난리를 쳤기 때문에 그들도 알고 있던 사실이다.

"그러고 보니 그때도 투자금 가지고 지랄이었지."

"이번에는 확정된 것 같습니다."

"그렇겠지."

그때는 경고였지만 이번에는 실행되었다.

그 말은 더 이상 말릴 수도 없을 만큼, 돌이킬 수 없는 선을 넘었다는 뜻이다.

"내가 그랬잖습니까, 이렇게 될 거라고."

"후우, 최재만 그 병신이 진짜."

"최재만 혼자만의 문제가 아니지 않습니까? 지금 남은 놈
들이 죄다 병신이라……."

아무리 대선에 욕심이 난다고 해도 지켜야 하는 선이 있
다.

그런데 최재만, 아니 현 민주수호당 의원들은 다음 대선에
서 자기들이 대통령이 되고 싶다는 욕심에 현재 가장 유력한
후보들을 서로 말려 죽이려고 난리였다.

특히 송정한은 제1 타깃이었다.

"아무리 보수는 부패로 망하고 진보는 분열로·망한다지
만."

그 속설처럼 진보는 권력을 잡으면 남들을 다 쳐 내고 혼
자 처먹으려고 하다가 망한다.

수십 년간 그 짓거리를 해 왔으면서도 고치지 못하고 있는
게 현실.

"그런데 새론, 아니 미다스에서 계약을 해지했다는 건 결
국 송 의원에게 힘을 실어 주겠다는 뜻이군요."

"뭐, 그런 거 아니겠습니까?"

송정한이 마이스터와 각별한 관계라는 것은 널리 알려진
사실이다. 새론은 바로 그가 세운 회사고.

국회의원이라는 특성상 겸직이 불가능해서 대표 자리에서
물러났다지만 그들과의 선이 끊어진 것은 아니다.

"계약이 해지된 게 아쉽군요."

쓰게 웃는 사람들.

미다스의 수익률은 매년 200% 이상이었다.

특히 과거 가상화폐로 온 세상이 소란할 때는 수십 배의
수익을 냈었다.

당연하게도 그 수익률만 믿고 느긋하게 살고 있던 사람들
에게는 이 소식이 날벼락이나 다름없었다.

"이거 당에 가서 항의해야 하는 거 아닙니까?"

누군가는 여전히 불만을 가진 듯 말했다. 그러자 다른 사
람이 고개를 흔들었다.

"턱도 없지요. 최재만 그놈이 우리 말을 들어주겠습니까?
우리가 그놈한테 내쳐진 거라는 걸 잊어버렸습니까?"

"끄응."

그 말이 사실이다.

그럴 수밖에 없는 게, 최재만은 공천 단계에서부터 온갖
패악질을 다 부렸기 때문이다.

여기에 있는 사람들은 선거판에서 진 패배자들이다.

그게 단순히 선거에서 졌다는 의미일까?

아니다. 당내 패권 싸움에서 밀렸다는 의미다.

일단 공천 단계에서 최재만 패거리에 의해 완전히 내쳐진 상

황이다. 그리고 이번 선거는 민주수호당의 압승으로 끝났다.

절대다수당이 되었고, 그래서 강력한 권력을 가지고 있다. 그런데 선거에서 졌다는 건 뭔 소리인가?

그 말은, 질 수밖에 없는 선거 현장으로 내몰렸다는 소리다.

즉, 여기에서 이제 국회의원 자리를 빼앗겼다고 하소연하고 있는 사람들은 모두 최재만에게 내쳐진 이들이라는 뜻이다.

그런 상황에서 항의차 방문한다고 한들 과연 최재만이 들어나 줄까?

"그럴 리가 없죠."

"하아, 우리가 어쩌다 이런 신세가……."

긴 한숨을 내쉬는 사람들.

그나마 남은 희망은 투자한 돈으로 편하게 먹고사는 것이 었는데 그마저도 글러 먹은 거다.

"최재만 이놈은 도대체 뭔 생각일까요?"

"대통령이 되고 싶은 거지 뭐겠습니까?"

"그러니까 차라리 송 의원을 밀어줬어야 했습니다."

이들도 권력을 놓치기 싫어서 송정한을 거부한 것이긴 했다.

하지만 설마 그 선택이 자기들의 모가지를 쳐 낼 거라고 누가 예상했겠는가?

본인들의 이득을 위해 뱀의 꼬리가 되는 걸 선택했는데,

알고 보니 그 뱀이 도마뱀이었고 저 살자고 자기들을 자르고 도망갈 줄이야.

"우리 신세 참 처량합니다, 허허허."

누군가 약간은 자포자기한 목소리로 나지막하게 중얼거렸다.

그런데 그때, 누군가 조용히 입을 열었다.

"반대로 생각하면 이건 기회 아닙니까?"

"기회라니요?"

"어차피 우리는 이제 민주수호당으로 가지 못하지 않습니까?"

"그렇지요."

최재만 일당은 자기들을 받아 주지 않는다. 그럴 리가 없다.

"그러면 신당으로 가면 되는 거 아닙니까?"

"네?"

"아니, 우리가 선거에서 진 게 뭐 10년쯤 되었습니까?"

"그거야 그런데요……."

이들이 선거에서 패배한 지 아직 1년도 채 지나지 않았다.

이건 생각보다 큰 문제다.

왜냐하면 국민들은 여전히 이들을 기억하고 있기 때문이다.

즉, 다시 한번 기회를 잡을 수 있다면 당선도 충분히 기대할 수 있다는 뜻이다.

"그러면 다음 선거에서, 새로운 정당에서 공천받을 수 있을 거 아닙니까?"

그 순간 모두의 눈에 욕심이 확 돌았다.

그도 그럴 게 아무리 돈이 많아도, 주변에서 굽실거려도 권력 그 자체에 대한 열망은 포기할 수 없기 때문이었다.

"자세하게 말해 보세요."

"창당하면 결국 다음 선거에서 새로운 의원을 공천해야 합니다."

"그렇지요."

"아! 그렇군요. 아무래도 완전 생초짜를 시키는 것보다는 야……."

자기네 지역구에서 한 번이라도 국회의원을 해 본 사람을 공천하는 편이 훨씬 유리한 게 사실이다.

지명도라는 건 공짜로 생기는 게 아니니까.

사실 이번 선거에서의 승리는 지명도보다는 개혁을 원하는 국민들의 열망이 작용한 효과가 크다.

하지만 그게 얼마나 갈까?

"아마도 오래가지 못할 겁니다."

왜냐하면 지금 민주수호당을 지배하는 세력은 개혁이 아니라 지배를 원하는 자들이니까.

국민들은 바보가 아니다. 그렇게 되면 반감에서라도 떠나게 되는 게 현실.

"대안이 없다 이건가요?"

"그럴 가능성이 높죠."

대안이 없다.

민주수호당에 대해 반감을 가지기는 하지만 그렇다고 자유신민당으로 가기에는 정치적 성향이 너무 다른 사람들이 엄청나게 많다.

반대로 자유신민당에 반감을 가지고 있지만 동시에 민주수호당과는 거리감을 가진 사람도 많다.

"신당을 창당한다는 건 새로운 자리가 만들어진다는 의미죠."

그 말에 다들 관심이 생겼다.

"다행히도 말입니다, 우리는 아직 지역구에 대한 영향력이 꽤 강하게 남아 있습니다."

더는 국회의원이 아니지만 그렇다고 해서 지역구에서 갖고 있던 힘이 모조리 빠진 건 아니다.

어설프게 국회의원이 된 최재만 일파는 아직 지역구에 대해 아는 것도 없고 제대로 보여 준 것도 없다.

"우리가 앞으로 4년간 지역구에서 뭔가를 보여 준다면⋯⋯."

분명 이들에게 다시 한번 권력을 잡을 기회가 올 수도 있다.

물론 최재만은 그걸 두고 보고 싶지 않겠지만, 어쩌겠는가? 그때는 이미 다른 당 소속일 텐데.

"신당이라……."

모두의 눈빛에 미래에 대한 기대감이 서리기 시작했다.

"지지 선언 말입니까?"

송정한은 놀랄 수밖에 없었다.

그를 지지하는 세력이 나올 거다, 분명 노형진이 그런 말을 하기는 했지만 설마 그게 구 국회의원들일 줄은 몰랐다.

"현재 민주수호당은 잘못된 길을 가고 있습니다. 개혁이 아니라 지배를 하고 있지요. 우리는 그걸 그냥 두고 볼 수 없습니다."

'이럴 인간들이 아닌데.'

말로야 더없이 깨끗한 척하지만 이들이 깨끗하기만 한 사람들이 아니라는 것쯤은 익히 알고 있었다. 그런데 여기까지 찾아오다니.

'그렇군. 전부를 잃어버리면 조금이라도 되찾으려 하기 마련이지.'

송정한은 노형진의 생각이 뭔지 알 것 같았다.

이들은 권력을 잃어버렸다. 그나마 믿고 있던 투자금도 계약이 해지되었다.

전부를 잃어버린 이들이 과연 포기하고 순순히 물러날까?

'그럴 리가 없지.'

다른 기회가 조금이라도 있다면 그거라도 어떻게든 잡으려고 할 거다.

그리고 송정한의 신당은 그럴 기회다.

운이 좋다면 다시 투자할 수 있을 테고, 더더욱 운이 좋다면 다음 선거에서 국회의원 자리를 차지할 수도 있다.

물론 정당의 성향상 과거에 비하면 권력이 많이 줄어들겠지만, 아예 없는 것보다는 조금이라도 가지는 편이 훨씬 나은 결과다.

이들은 지금 권력을 쥐고 있는 게 아니라 잃어버린 상황.

즉, 조금이라도 되찾는다는 게 더 중요한 거다.

"허락하신다면 신당 창당을 거들고 싶습니다."

"맞습니다. 민주수호당은 이 나라 민주주의의 보루였습니다만 지금은 아닙니다."

민주수호당과 최재만을 성토하는 사람들.

한때 같은 편이었지만 최재만이 먼저 배신한 이상 이들에게도 지킬 의리 따위는 없었다.

"음......"

사실 창당할 때 가장 중요한 건 국회의원의 숫자가 아니다.

숫자가 외견으로 보이는 것이니만큼 무시할 수는 없지만, 정말로 중요한 건 다음 선거에 대비해서 지역에서 활동하는 시스템이다.

신당이 만들어질 때 가장 돈이 많이 들어가고 가장 문제가 되는 게 바로 그거다.

시스템을 만들기 위해서는 그 지역을 잘 아는 사람을 영입해야 한다.

아무나 영입할 수도 없다. 그들이 해야 하는 건 정치니까.

정치를 하고 싶어 하는 사람을 영입하는 것과 정치를 할 줄 아는 사람을 영입하는 것은 전혀 다른 차원의 이야기다.

그런데 실제로 후자에 속하는 사람은 그다지 많지 않다.

"저를 도와주시겠다는 겁니까?"

"민주주의의 위기입니다. 당연히 우리가 나서야지요."

"그러면……."

잠시 고민하던 송정한은 이내 눈을 반짝거렸다.

"공개적으로 지지 선언을 해 주실 수 있을까요?"

"그거야 어렵지 않은 일이지요."

한 치의 주저도 없이 돌아온 대답에, 송정한은 씩 하고 웃었다.

⚖

얼마 후 민주수호당 소속이었던 국회의원들이 한 발표는 전국을 뒤흔들었다.

-지금의 민주수호당은 잘못된 길을 가고 있다. 민주수호당에는 민주도, 개혁도 없다. 이에 우리는 송정한 의원에게 신당 창당을 요구하는 바이다.

　'민주수호당 전 의원 협의회'를 자처하는 사람들의 발표는 사람들에게 충격으로 다가왔다.

　-민주수호당에 뭔 일 남?
　-그냥 떨어진 국회의원들이 지랄하는 거 아님?
　-아니, 지랄하는 것치고는 좀 이상한데.
　-근데 신당 창당도 아니고 창당 요구는 또 뭔 소리냐? 살다 살다 창당 요구라는 건 또 첨 보네

　사람들이 의아해하는 데에는 그럴 만한 이유가 있었다.
　전 국회의원들이 모여서 과거에 자신들이 속했던 당을 디스하는 것은 극히 이례적인 일이었기 때문이다.

　-아니야. 민주수호당 이 새끼들이 선거에서 이겼다고 막 나가는 거 맞음.
　-너 자유신민당 지지자 새끼지?
　-쿠데타 세력을 박살 내자!
　-나 진짜로 민주수호당 당원임. 인증함. 그런데 솔직히 민주수호

당에서 국회의원들이 공격당하는 걸 그냥 구경만 한 게 어디 한두 해임? 당장 송정한 죽인다고 난리 나고 실제로 킬러가 고용되었다는 소문도 있는데 유감 발표도 없었음.

확실히 이상한 상황이었기에 다들 너도나도 상황을 파악하기 위해 노력하기 시작했다.

그러나 사람들이 가장 이상하게 생각한 건 다름 아닌 마지막 말이었다.

−도대체 신당 창당을 요구하는 건 뭔 시추에이션?

그러나 그런 상황에서도 송정한은 아무런 말도 하지 않았다.

당연히 기자들도, 국민들도 호기심에 미칠 것 같은 상황이 조성되었다. 그리고 그건 김성식도 마찬가지였다.

"노 변호사, 이게 뭔가? 신당 창당 발표도 아니고 신당 창당 요구라니? 이런 건 듣도 보도 못한 일이야."

"아, 그거요? 제가 그렇게 하라고 계획을 말씀드린 겁니다."

"창당을 하라고?"

"아니요. 신당 창당을 요구하라고요."

"그러니까 이해가 안 간단 말이지. 송 의원이 신당 창당한다고 하지 않았나?"

"했죠. 하지만 외부에 발표한 건 아니지 않습니까?"

"그건 그렇지."

"그래서 이런 계획을 짠 겁니다. 저쪽에서 공격할 레퍼토리는 뻔하니까."

만일 송정한이 신당을 창당한다고 말하면 어떻게 될까?

민주수호당은 분명 송정한이 본인의 치졸한 욕심을 이기지 못해 민주주의를 배신했다고 언론 플레이를 할 거다.

그런데 실제로 현재 민주수호당은 압도적인 지지로 승리한 상황이다. 그런 상황에서 민주수호당의 그런 주장은 신빙성을 띨 가능성이 크다.

"송정한 의원님의 인성과 별개로 정당 정치에 매몰된 한국의 형태상 개개인의 정의감이나 목적성은 완전히 사라질 겁니다."

"그건…… 그렇지. 그런데 그거랑 신당 창당을 요구하는 건 무슨 관계인가?"

"간단히 말해서 이겁니다, 권력의 위임."

"권력의 위임?"

"네. 송 의원님이 신당을 창당한다면, 외부적으로는 어디까지나 권력을 차지하겠다는 의도하에 벌이는 일로 보일 겁니다."

설사 그게 송정한이 스스로를 지키기 위한 최후의 수단이라고 할지라도, 그렇게 포장해서 떠들 테니까.

"그런데 누군가 요구한다면요? 그것도 전 민주수호당 소속 국회의원들이 요구한다면요?"

"그렇다면……. 아, 그렇군. 권력을 빼앗는 게 아니라 권력을 넘겨받는다는 건가?"

"맞습니다."

빼앗는 것과 위탁받는 것은 전혀 다르다.

전자보다는 후자가 아무래도 좀 더 민주적이고 올바르게 보일 수밖에 없다.

"더군다나 당사자는 전 민주수호당 소속 국회의원들입니다."

전 민주수호당 소속 국회의원들 입장에서는 어차피 없는 권력이지만, 국민들의 생각은 다르다.

전 민주수호당 소속 국회의원들이 이렇게 들고일어날 정도라면 분명 당 내부에서 뭔가 크게 잘못되고 있는 거라고 생각할 가능성이 크다.

"그리고 전 민주수호당 소속 국회의원들의 라인은 아직 살아 있으니까요."

즉, 신당을 창당한 후에 빠르게 정당으로서 형태를 갖추면서 지역별로 자리를 잡을 수 있는 강력한 힘을 얻은 셈이라는 거다.

"그렇게 전 민주수호당 소속 국회의원들에게 위임받아서

새로운 정당이 창당된다면 가장 큰 문제가 해결되는 거죠."

"정당성 말이군."

"네."

정당성.

신당이 창당되면 가장 문제가 되는 부분이 바로 이거다.

자유신민당은 한국의 보수를 대표하고 민주수호당은 한국의 진보를 대표한다.

이러한 역사성과 정당성 때문에 두 집단의 양당 체제가 오래도록 지속될 수밖에 없었다.

"하지만 바로 얼마 전에 국회의원이었던 사람들이 자신들의 권력을 위임한다, 이 자체가 민주주의적인 절차일 뿐만 아니라 기존 진보의 정신을 계승하는 형태가 되어 줄 겁니다."

"눈속임이라 이건가?"

"네. 지금만 가능한 눈속임이죠."

아직은 선거에서 낙마한 국회의원들의 지명도가 떨어지지 않은 시점.

그 상황에서 이루어지는 이런 권력의 위임은 민주수호당 입장에서는 심각한 타격이다.

신당 창당과는 비교도 하지 못할 만큼 말이다.

신당 창당보다 오히려 이게 더 큰 타격일 수밖에 없다.

"사람들은 상황을 알아보려고 할 테고, 민주수호당 내부에서 나오는 말에 관심을 가지겠지요."

민주수호당에서는 권력에 대한 욕심이라고 포장할 수도 없는 게, 자발적으로 권력을 넘겨주려고 하는 사람에게 욕심이라는 프레임을 뒤집어씌우는 것은 사실상 불가능하기 때문이다.

"그렇다고 전 민주수호당 소속 국회의원들을 공격하는 것도 힘들고요."

"그러겠지."

협박을 통해 내부 단속을 했을지는 모르지만 지금 나선 자들은 어찌 되었건 전 민주수호당 소속 국회의원들이다.

그들의 잘못을 터트리는 것은 곧 민주수호당의 추문을 터트리는 것이다.

"위협은 할 수 있겠지만 진짜로 터트리지는 못한다는 거지."

당장 이번 사건으로 인해 최재만의 지도력은 의심받게 될 테고, 이제 민주수호당은 흔들리기 시작할 거다.

"그가 보복하지 못한다면 위협받은 다른 국회의원들도 그의 능력을 의심할 수밖에 없고요."

사실 의심은 이미 다들 하고 있는 상황일 거다.

가장 위험한 순간에 민주수호당은 송정한을 버렸다.

당연히 모두의 머릿속에서는 '내가 공격받을 때에는 과연 민주수호당이 나를 보호해 줄 것인가?' 하는 의구심을 품고 있을 거다.

그 상황에서 최재만의 통제력을 무너트린다면 역으로 공격당하는 건 시간문제.

"최재만은 자기가 모든 걸 통제한다고 생각했겠지요."

노형진은 코웃음을 쳤다.

"그러나 이 세상에 완벽하게 통제 가능한 상황은 없습니다."

그리고 그게 이번 사태를 바꾸게 될 것이다.

노형진은 그렇게 확신했다.

새로운 시작

　신당 창당 요구를 터뜨린 후 전 민주수호당 소속 국회의원
들이 가만히 놀고만 있었던 것은 아니었다.

　도리어 더더욱 적극적으로 움직이기 시작했다.

　그들이 움직인 장소는 다름 아닌 민주수호당의 지역 당사.

　"자네도 알지 않나? 지금의 민주수호당은 뭔가 잘못되어
있어."

　"하지만……."

　"물론 자네한테 당장 당을 나와 신당에 합류하라는 이야기
를 하는 건 아니야. 자네도 생활이 있으니 그건 힘들겠지."

　그들이 노리는 대상은 다름 아닌 민주수호당의 당직자였다.

　국회의원들이 정당의 얼굴이라면 당직자들은 당의 허리이

자 척추다. 그들이 없으면 정당은 돌아가지 않는다.

그리고 새롭게 입성한 사람들은 아직 그들을 확실하게 통제하지 못하고 있었다.

"아니, 그게…… 그건……."

당직자들 입장에서는 곤혹스러울 수밖에 없었다.

얼마 전까지만 해도 모시던 국회의원들이 반기를 들었다는 사실만으로도 충분히 충격적이었다.

문제는 그들의 지시를 무시할 수도 없다는 것이다.

아무리 전직이라는 타이틀이 붙었다지만 국회의원이라는 힘이 완전히 사라진 것은 아니니까.

"김 의원님, 저기, 이러시면 곤란합니다."

당직자는 곤혹스럽게 말했다.

"곤란해?"

"저기, 이제는 제가 모시는 게 아니지 않습니까?"

김 의원은 이번에 공천에서 떨어졌다.

어쩔 수가 없다. 그는 다른 파벌 소속이었고 최재만에게 반발했던 사람이니까.

"알지. 알아."

물론 김 의원이 바보는 아니다.

이제 와서 당직자들에게 당장 새로운 정당으로 오라고 회유한들 과연 올까?

그럴 리가 없다.

게다가 당직자들은 대부분 한곳에서 오래 일한다.

하루아침에 다른 정당으로 이적하라는 말을 들을 리가 없다.

"내가 말하고 싶은 건 이적하라는 게 아니야."

"네? 그럼요?"

"이번 국회의원 말이야. 자네는 그 사람 믿나?"

"그게……."

"이번에 내가 자네를 공천해 줘야 한다고 올린 거 알지?"

"……."

"그런데 그쪽에서 뭔 짓을 했는지도 알지 않나?"

사실 당직자들의 가장 큰 꿈은 바로 공천받아서 국회의원으로 나가는 거다. 그걸 위해 박봉에도 열심히 일하는 사람들이 많다.

"슬슬 자네도 그럴 시기잖아?"

하지만 최재만은 그걸 받아들이지 않았다.

자기네 사람들을 채우기 위해 기존에 있던 의원만이 아니라 새롭게 준비하던 사람들도 잘라 냈다.

"최재만 일당이 자네를 챙겨 줄 것 같아?"

"……."

"내가 말하고자 하는 건 그거네. 이번 의원의 기를 팍 죽여 놓으란 말이야. 이번에 국회의원이 된 그놈? 나이가 고작 40대라며?"

젊은 피니 어쩌니 하면서 홍보하고 있지만 대부분의 젊은 국회의원의 목적은 두 가지다.

하나는 표를 위한 쇼.

다른 하나는 자기 아래에서 일 시키기 위한 시다바리.

"제가 감히 어떻게……."

"감히라니, 이 사람아. 이러다가는 자네도 목이 날아갈 거야. 이 나이 먹고 이제 와서 공장에 나갈 것도 아니잖나?"

그건 틀린 말은 아니다. 정치에 투신한 이상 결국 나아갈 곳은 정치판뿐.

"약점을 잡아 달라거나 하는 요구는 힘듭니다."

"무슨 소리야? 내가 그렇게 후안무치한 사람으로 보이나?"

"그러면……?"

"나에 대해 좋게 이야기해 주게나. 종종 나랑 자리도 가질 수 있게 해 주고."

"그거면 되나요?"

"그래, 그거면 된다네. 어차피 내가 지역구 선배 아닌가?"

그러니 자주 만나서 지역구에 대한 조언도 좀 해 주고 하려는 것뿐이다.

'물론 다음 선거에서는 경쟁 관계일 테지만.'

만나서 살살 긁어 주다 보면 정치 초짜들이 밑천을 드러내는 건 순식간일 것이다.

"알겠습니다. 좋게 이야기해 보겠습니다."

"잘 생각했네. 아, 그리고 말이야, 혹시나 그쪽에서 잘리면 이쪽으로 넘어와."

"하지만⋯⋯."

아직 당명도 정해지지 않았고 심지어 출근할 곳조차도 없는 당 아닌가?

"걱정하지 말게. 우리 당 뒤에 누가 있는지 알지 않나?"

"'우리' 당요?"

"그래, '우리' 당. 새롭게 당을 만든다고 해도 결국 민주 계열 아닌가? 동지라네. 혹시 아나, 나중에 합당할지?"

그 말에 당직자는 고개를 끄덕거렸다.

실제로 창당은 생각보다 흔한 일이고, 선거가 끝나고 나면 합당되는 것도 흔한 일이니까.

더군다나 창당한다고 해도 그 뿌리는 민주수호당.

어떻게 보면 '우리'라는 말이 틀린 것도 아니었다.

"알겠습니다."

⚖

"하지만 세상은 그렇게 만만하지 않죠."

노형진은 느긋하게 말했다.

"아마도 당 차원에서 징계가 떨어질 가능성이 큽니다."

"설마 그렇게까지 할까요?"

당직자들과 선을 만들고 그들과 왕래하면서 선배라는 타이틀을 이용해서 좋은 관계를 유지하라.

그게 노형진이 과거의 국회의원들에게 해 준 말이다.

노형진이 그렇게 말한 이유는 단순히 그들을 잘 봐주기 위해서가 아니었다.

"최재만은 이기적인 성향에, 욕심도 많습니다. 그의 머릿속은 오로지 대선으로 꽉 차 있지요."

'농담이 아니지.'

노형진은 최재만을 안다. 그리고 기억한다.

최재만은 회귀 전에도 대선 후보로 나왔던 사람이다.

정확하게는, 경선에 출마했다가 떨어졌다.

그런데 그 당시 최재만이 보여 준 모습은 진보 측 정치인이라기보다는 보수 측 정치인에 가까웠다.

그럴 수밖에 없었던 것이, 최재만은 경선에서 다른 후보에게 밀리던 상황이었으니까.

그는 경선에서 이기기 위해 발악했지만 딱히 그럴 만한 능력을 갖춘 것도 아니었다.

당 대표로서 2년간 절대적 지지를 받던 민주수호당을 말아먹었으니 말이다.

자신의 자리를 위협할 만한 모든 국회의원을 쳐 내고 자신의 권력을 위협할 만한 모든 법에 반대했다.

그 결과 지지율은 반 토막이 나 버렸다.

하지만 그럼에도 불구하고 그는 대권에 대한 욕심을 버리지 못하고 대선 레이스에 뛰어들었다.

'그때 진짜 가관이었는데.'

그가 당 내부에서 민심을 잃어버린 가장 큰 사건.

소위 민주수호당 5.18 피바람 사태.

민주 계열에 5.18은 중요한 의미를 가지는 날이다. 당연히 그에 따른 공식 행사도 있다.

그런데 그 전날 최재만은 술에 절어서 제대로 정신도 못 차린 채 행사에 참석했다.

심지어 전국 생방송 행사였는데 말이다.

당연히 그 꼴을 보고 분노한 당직자들은 당에 항의했는데, 그런 당직자들에게 최재만은 해고라는 형태로 보복했다.

짧게는 10년, 길게는 수십 년간 당에 충성한 사람들이 쓴소리 좀 했다는 이유로 해고당하자, 그 사건을 기점으로 민주당은 분열되고 찢어지고 무너지기 시작했다.

'그런 놈이 과연 자신이 찍어 낸 사람과 좋은 관계를 유지하고 있는 자들을 그냥 둘까?'

그럴 리가 없다. 최재만은 당연하게도 보복할 거다.

"기존 당직자에게 사실 위에서의 권력 관계는 중요하지 않지요."

중요한 건 자기네 지역구의 관리 및 당의 정상적인 운영.

그게 그들의 최우선 관심 사항이다.

"그리고 선배 국회의원이 새로운 국회의원에게 적극적으로 다가와서 그걸 알려 준다고 하는데 뭐라고 할 수도 없고요."

"하긴, 그렇지. 썩어도 준치라고, 다음에 어떻게 될지 모를 일이니까."

사실 1선 의원이 그냥 그걸로 끝나는 경우는 흔하다 못해 넘쳐 난다.

다들 다선 의원을 꿈꾸지만 실력이 좋지 않거나 지금처럼 윗선이 병신이라면 아무리 노력한다고 해도 결국 다음번에는 떨어진다.

"설사 자신의 실력이 아무리 좋아도 한국의 특성상 당에서 병신 짓을 하면 그대로 목이 날아가는 거죠."

더군다나 이번에 가서 이야기한 사람들은 최소 2선 이상의 경험을 가진 사람들.

2선이라고 하면 무시할 정도가 아니다. 2선이라는 건 못해도 8년은 국회의원을 했다는 소리니까.

"하지만 이걸 알게 되면 아마 최재만은 눈깔이 돌아갈 겁니다."

"하긴, 그자라면 그러고도 남지."

오로지 단 하나, 자신의 대권만을 머릿속에 두고 있는 남자다.

그런 남자에게 있어 자신의 조직이 자신을 배신할 가능성은 꿈에도 생각하기 싫을 게 뻔하다.

'원래 역사에서도 그랬고 말이지.'

원래 역사에서도 최재만이 당 대표가 된 후에 가장 열을 올린 건 올바른 정치 실현이나 당의 발전이 아니었다. 자신의 대권 도전에 방해가 될 만한 사람들을 찍어 내는 거였다.

그리고 노형진이 이번에 하는 일은 그걸 좀 더 드러나게 하는 것뿐이고 말이다.

'다만 그 결과는 다르겠지만, 후후후.'

노형진은 자신이 있었다.

⚖

"뭐? 국회의원끼리 만남을 가져?"

"네. 지금 이야기를 들어 보니 지역 당직자들의 소개로 서로 만남을 가지고 있다고 합니다."

애초에 이 사실이 최재만에게 알려지지 않을 가능성을 노형진은 전혀 생각하지 않았다.

그도 그럴 게, 이번에 뽑힌 국회의원들은 최재만에 의해 자리를 잡은 자들.

그들이 최재만에게 보고하지 않을 리가 없었다.

"뭔 개소리야! 아니, 이제 퇴물이 된 새끼들이 왜 지역구에 면상을 들이미는데?"

"아무래도 당직자들과 국회의원들을 신당에 데려가려고

하는 게 아니겠습니까?"

"뭐?"

"그거 말고는 다른 이유가 없지 않겠습니까?"

"송정한 이 미친 새끼가……!"

자기 계열 국회의원의 말에 최재만은 눈깔이 돌아갔다.

하긴, 생각해 보면 그거 말고는 다른 이유가 없다.

같은 당 소속이니까 서로 힘내서 같이 지역구를 살려 보자? 세상에 그런 개소리가 어디 있겠는가?

엄밀하게 말하면 새로운 국회의원은 전 민주수호당 소속 국회의원의 자리를 빼앗아 간 약탈자일 뿐이다.

실제로 지역구를 빼앗아 간 새로운 국회의원과 과거의 국회의원이 사이가 좋은 경우는 거의 없다고 봐도 무방하다.

하물며 이번에는 자신이 낙하산 공천으로 자기 파벌만 우르르 꽂아 넣은 상황.

"절대로 접근 못 하게 해!"

"하지만 막을 방법이 없습니다. 현 상황에서는 과거 우리 당 소속 국회의원이었다고 해도 어쨌건 우리의 주요 세력이니까요."

썩어도 준치라고, 그건 막을 수 없는 일.

"더군다나 신입들은 좀…… 위험합니다."

"위험하다고? 끙…… 그렇지."

다른 국회의원들은 나름 관리해 둔 상태다. 약점을 붙잡고 협박해서 탈당하지 못하게 해 둔 것이다.

그러나 신입들은 딱히 붙잡고 있는 게 없다.

물론 나름 자기 파벌로 꽂아 넣었다지만 완벽하게 그런 것도 아니다.

누가 당 대표이건 결국 인재풀은 한정되어 있고, 아무리 민주수호당이 인기가 많은 시점이라고 해도 국회의원으로 뽑을 만한 인재의 숫자는 한정되어 있기 때문이다.

즉, 자기네 라인으로 들어온 이들을 꽂아 넣은 게 아니라 꽂아 넣어야 하는 자들을 자기 라인으로 만든 것에 가까웠는데, 이는 많은 차이가 난다.

일단 지금이야 당 대표인 최재만에게 충성한다지만 그들이 마음을 돌리면 순식간에 이탈할 수 있기 때문이다.

"할 수 없지. 그 새끼들 다 잘라."

"네?"

"그, 지역에서 자리를 주선했다는 새끼들 말이야! 다 자르고 그 자리를 새로운 사람들로 채워 넣어."

"하지만 최 대표님, 그건 좀……."

당직자는, 특히 지역 당직자는 쉽게 손댈 수 없는 존재들이다. 한 지역을 꽉 잡고 관리하는 게 그들이니까.

그러나 최재만은 그런 데 신경 쓰지 않았다.

애초에 최재만은 그런 데 무지한 사람이었다. 원래 국회의원 출신도 아니었기 때문이다.

그저 현 대통령인 박기훈의 눈에 들어서 그와 손잡으면서 성장한 것뿐이었다.

뒤늦게나마 최재만이 자신이 생각했던 그런 인물이 아니라는 사실에 깨달은 박기훈이 손절을 시도했지만, 이미 클 대로 큰 최재훈은 그런 걸 무시할 만한 힘을 가지고 민주수호당을 집어삼킨 것이었다.

"내 말 안 들어? 어? 지금 옷 벗고 싶어?"

그 말에 부하 국회의원은 이를 박박 갈았다.

'미친 새끼가.'

하지만 무시할 수가 없었다.

실제로 최재만의 캐비닛에는 자신의 더러운 추문이 가득하니, 그중 하나만 터져도 자신의 자리는 날아갈 테니까.

"알겠습니다."

결국 최악의 선택을 한 최재만과 함께 그들은 모두 침몰할 수밖에 없었다.

⚖️

최재만의 명령에 따라 기존 당직자들 중 전 민주수호당 소속 국회의원들과 좋은 관계를 유지하고 있던 사람들에 대한 대대적인 숙청이 벌어지기 시작했다.

"뭐라고? 아니, 내가 뭘 잘못을 했다고!"

"아, 그만두고 나가세요, 아저씨!"

"아저씨? 너 지금 아저씨라고 했냐? 이 새끼야!"

수십 년간 당을 위해 일해 왔던 사람들은 눈이 돌아갔다.

얼마 전까지만 해도 자신에게 굽실거리던 놈들이 안면몰수하고 자신을 질질 끌어내고 있었다.

기존의 부하 직원이었던 자들 입장에서는 위에서 한 명이 나가면 자신이 정치판에 데뷔할 가능성이 더 커지니까 그렇게 그들이 축출되는 게 반가울 수밖에 없었다.

"경비! 경비!"

거칠게 항의하는 전 당직자들을 결국 경비까지 동원해서 끌고 나가는 사람들.

그리고 그런 사람들을 매몰차게 바라보는 새로운 국회의원들.

"어디서 남의 인생을 망치려고."

"그러게 말이야. 거참."

당직자들, 아니 전 당직자들은 허망하기 그지없었다.

수십 년간 충성한 대가가 이따위 대우라는 사실에 그들은 분노를 금치 못했다.

그리고 그 소식을 들은 전 민주수호당 소속 국회의원들은 다급하게 그들을 찾아갔다.

"자네들 괜찮나?"

"크흑…… 김 의원님, 전 진짜 억울합니다. 진짜로요. 제가 뭘 잘못했습니까? 저는 그냥 당을 위해 노력한 것뿐입니다. 그런데 저를 이렇게 잘라 내다니."

"후우, 내가 말하지 않았나? 오죽하면 전 민주수호당 소속 국회의원들이 나서서 그런 발표까지 했겠는가?"

사실 전 민주수호당 소속 국회의원들이 신당 창당을 요구하는 발표를 했을 때만 해도 마음 한편에서는 아무리 공천을 못 받았어도 그렇지, 이건 너무한 거 아닌가 생각했다.

하지만 막상 직접 당해 보니 그게 아니었다.

"최재만은 말이야, 차기 대선을 위해 민주수호당을 통째로 집어삼키려고 하는 거야."

"말이 됩니까? 수십 년간 대한민국의 민주주의를 지켜 온 게 저희인데!"

"그런 게 상관있겠나? 최재만에게는 그냥 대권 도전을 위한 도구일 뿐인데."

눈을 찡그리며 말하는 김 의원.

물론 국회의원은 다들 그런 생각을 하겠지만, 최재만처럼 노골적으로 행동하는 사람은 없었다.

"그러면 당은 어떻게 되는 겁니까!"

"자 자, 진정하고. 솔직히 이제 와서 자네가 당을 걱정할 필요는 없지 않나? 중요한 건 자네 아닌가?"

그 말에 당직자는 말문이 턱 막혔다. 김 전 의원의 말이 맞으니까.

이미 잘린 몸, 이제 와서 당을 걱정해 봐야 뭐 하겠는가?

자기가 구국의 결단으로 최재만을 암살할 생각이 아닌 이상에야 결국 목구멍이 포도청이라고, 돈 나올 곳부터 찾아야 한다.

"이러지 말고 우리 쪽으로 오는 건 어떤가?"

"우리 쪽이라고 하시면……?"

"곧 창당될 신당 말일세."

"신당으로 오란 말씀이십니까? 하지만 아직……."

"우리가 송 의원을 설득하는 중이네. 자네가 힘을 실어 준다면 설득이 좀 더 쉬워질 거야."

그 말에 당직자의 눈이 번득였다.

어차피 민주수호당으로 돌아갈 길이 있는 것도 아니다. 그렇다면?

"제가 어떻게 해야 할까요?"

⚖️

"아 다르고 어 다르다는 게 이런 건가?"

─저희 당직자협의회는 현재 벌어지고 있는 최재만 당 대표의 당의 사유화에 대항하여 일괄 사표를 제출하기로 하였습니다. 현재 민주수호당은 정상적인 정당이 아닌, 오로지 최재만을 위한 대선 레이

스의 도구가 되었습니다. 이는 대한민국의 민주주의를 위협하는 행동입니다. 이에 저희는 일괄 사표를 제출하면서 동시에 송정한 의원님에게 신당의 창당을 촉구하는 바입니다.

송정한에게 신당을 창당해 달라는 두 번째 요구가 터져 나왔다.

심지어 이번에는 현 당직자들이 뭉쳐서 사표를 던지면서까지 요구하는 형태가 되어 버렸다.

"어떻게 알았나, 이렇게 될 거라는 걸?"

"최재만의 성격을 알고 있으니까요. 사실 최재만이 자르라고 해도 바로 잘리는 건 아니죠. 정당이라고 노동법을 무시해도 되는 건 아니니까요."

실제로 강제로 끌어내기는 했지만 당직자들의 해고 처리가 정식으로 끝난 건 아니다.

"만일 당직자들이 복직 소송을 하고 나서면 법원에서는 그들 손을 들어 줄 수밖에 없습니다."

당 차원에서 잘랐다고 하기에는 마땅한 핑계가 없다.

그렇다고 당 대표 말을 듣지 않아서 잘랐다고 한다?

그게 바로 최재만이 당을 사유화하고 있다는 증거다.

당직자들이 딱히 위법행위를 하거나 배신을 한 것도 아니다.

전직 국회의원이 신입 국회의원에게 지역구에 대해 알려

주며 같이 건설적인 이야기를 나누겠다고 해서 소개해 준 것 뿐이다. 그건 좋은 일이지 나쁜 일이 아니다.

"민주수호당은 절대로 잘랐다는 얘기는 하지 못합니다."

기껏해야 송정한이 당을 위협하고 있다고 주장하는 정도일 거다.

"그런데 더 웃긴 건, 송 의원님은 아직 민주수호당 소속이라는 거죠."

아직 신당 창당 이야기는 꺼낸 적도 없고 심지어 그들과 접점도 없다.

그러니 자기 당 의원을 자기들이 공격하면서 징계하자니, 잘못이 없는 송정한을 공격할 수는 없는 노릇.

"그러면 이제 신당 창당을 하면 되나?"

"아직 아닙니다. 이제 세 번째 카드를 꺼내 들어야지요."

"국회의원을 빼내 올 시점이군."

"잘 아시네요."

"척 보면 착이지."

전 의원들도 상당수 빼 왔고, 지역을 운영하는 당직자들도 빼 왔다. 이제 남은 건 현직 국회의원들뿐이다.

노형진은 지금 민주수호당의 핵심 인재를 빼내고 있는 중인 셈.

"하지만 이미 관리되고 있는 국회의원을 어떻게 빼낼 생각인가?"

"최재만이 잘못 알고 있는 게 하나 있죠."

"뭔가?"

"본인도 대선 후보라는 거요. 그것도 아주 유력 후보죠."

"아니, 그걸 누가 모르겠나? 최재만 본인도 잘 아니까 저러는 거 아닌가."

"맞습니다. 최재만도 알죠. 그리고 그건 자유신민당도 알고 있고요."

노형진은 씩 웃으며 말했다.

"지금 최재만은 고립된 상황입니다. 그런데 자유신민당이 가만있을까요?"

"헉!"

그랬다. 자유신민당 역시 다음 대선에서 어떻게 해서든 정권을 창출해야 하는 상황이다.

"제가 가만히 있어도 그쪽에서 알아서 해 줄 겁니다, 후후후."

노형진의 예상대로 자유신민당은 발 빠르게 움직였다.

비록 자유신민당이 송정한이라는 적을 없애기 위해 최재만과 손을 잡았다지만, 그렇다고 해서 그들이 최재만의 아군을 자처하거나 최재만에게 충성을 바칠 이유는 없다.

그런데 지금 최재만은 코너에 몰린 상태.

전직 국회의원들과 현직 당직자들이 들고일어나서 진보 진영은 대혼란의 상태다.

그 상황에서 이빨을 드러내지 않는다면 병신이다.

―보십시오, 국민 여러분! 민주수호당은 오로지 정권 재창출에만 혈안이 되어 있습니다!

―부패한 정권이 얼마나 추악해지는지 이제야 진실이 드러나기 시작했습니다.

선거는 끝났다지만 정치 분쟁까지 끝난 건 아니었다.

미래를 위해서라도 자유신민당은 민주수호당을 박살 낼 생각이었다.

"이게…… 아닌데."

최재만은 정신이 아득해졌다.

분명 얼마 전까지만 해도 자신은 유력한 대권 후보였다. 그런데 갑자기 코너에 몰리기 시작했다.

물론 자신이 대권을 위해 무리한 도전을 한 것은 사실이다. 하지만 그건 누구나 다 하는 일 아닌가?

어차피 같이 갈 사람이 아니라면 그냥 쳐 내는 게 당연한 것 아닌가?

당 대표이지만 국민의 대표는 아니었던 최재만에게는 날 벼락도 이런 날벼락이 없었다.

최재만은 다급하게 누군가에게 전화를 걸었다.

"성 의원! 이건 이야기가 다르잖소! 송정한 그 자식부터 쳐 내기로 했잖아!"

성 의원은 자유신민당 소속의 국회의원으로, 최재만과 함께 송정한을 쳐 내기로 하고 일종의 사다리 역할을 하던 사람이었다.

─그랬지요. 하지만 이제는 당신에게 그럴 수 있는 힘이 있을 것 같지 않아서 말이지요.

"뭐라고?"

─그렇지 않습니까?

확실히 지금 최재만의 지지율은 미친 듯이 떨어지고 있다.

전 민주수호당 소속 국회의원들의 이반이야 그렇다 쳐도 현 당직자들이 들고일어날 일은 거의 없으니까.

기업으로 치면 양심선언을 한 건데, 정치 분야의 특징이나 성향을 생각하면 그건 거의 불가능에 가까운 일이었다.

─미안하지만 우리 관계는 여기까지인가 보군요.

정치적으로 힘이 없는 사람은 정치권에서는 가치가 없다.

당 대표?

물론 당 대표가 힘이 있는 사람은 맞다.

하지만 당 대표는 말 그대로 당을 대표해서 관리하는 사람이지, 기업처럼 지배하는 사람은 아니다.

필요하다면 언제든 바꿀 수 있고, 언제든 갈아 치울 수 있는 게 바로 당 대표다.

"성 의원? 성 의원! 성 의원! 야, 이 새끼야!"

최재만은 제 할 말만 뱉어 내고 끊어져 버린 전화기를 붙잡고 분노에 부들부들 떨었다.

안 봐도 뻔하다.

자유신민당 입장에서는 민주수호당이 이렇게 극단적으로 둘로 나뉘어 싸우는 게 반가울 수밖에 없다.

그러니 당장 송정한을 쳐 낸다는 본래 목적을 달성하려 하기보다는 일단 두 집단이 싸우는 걸 구경하려고 할 게 뻔한데, 그러기 위해서는 당연히 더 큰 힘을 가진 최재만의 힘을 빼는 걸 선택하는 것이 당연한 수순이었다.

"오냐, 하지만 내가 쉽게 물러날 거라 생각한다면 오산이다."

이를 박박 가는 최재만.

하지만 그가 모른 건, 자유신민당이 최재만 역시 쳐 낼 생각이었다는 거다.

"크…… 큰일 났습니다, 대표님!"

"또 무슨 일이야!"

다급하게 들어오는 보좌관의 말에 최재만은 눈을 팍 찡그렸다.

"거…… 검찰에 우리가 고발되었습니다."

"고발? 무슨 고발?"

"뇌물 수수 및 주가조작이랍니다."

"뇌물 수수? 주가조작?"

"네!"

그 말에 최재만은 심장이 덜컥 내려앉았다.

뇌물로 받은 돈이 한두 푼이 아니었기 때문이다.

대선 레이스에는 돈이 든다.

물론 대선 그 자체는 정부에서 보조해 주지만 그 전까지 들어가는 돈은 한 푼도 보조해 주지 않는다.

그 금액은 최재만이 아무리 돈이 많아도 감당할 수 있는 수준이 아니었다.

결국 그 돈을 마련하려면 뇌물을 받아야 했다.

그리고 그렇게 뇌물을 받고 주가조작을 도와줘서 두둑하게 선거 자금을 확보해 두기도 했다.

"서, 설마……."

그걸 알 만한 사람은 뻔하다.

민주수호당은 알게 되어도 신고하지는 않을 거다. 당 자체의 이미지가 망가질 테니까.

하지만 자유신민당은 다르다.

그들 입장에서 최재만은 언젠가는 쳐 내야 하는 사람이다.

아마도 원래대로라면 송정한을 쳐 낸 후에 최재만이 대선 후보로서 한창 물이 올랐을 때 터트렸을 것이다.

하지만 이제 최재만의 정치인으로서의 수명은 끝났다.

도움이 안 된다면? 처리하는 게 당연한 일.

이것이 법이다

"자유신민당 이 개 같은 새끼들!"

최재만은 폭발했지만, 그런다고 해서 문제가 해결되는 것은 아니었다.

"최재만이 여기저기 뛰어다니기 바쁘다고 하더군."

"그럴 겁니다. 자기 처벌을 막아야 하니까요. 정치판이 그렇지요, 뭐."

나 이외의 아무도 믿을 수 없는, 작은 허점이라도 드러나는 순간 신나게 물어뜯기는 세계.

지금까지는 최재만도 나름 잘 살아남았지만 아직은 어설펐다.

애초에 최재만은 순수하게 본인의 능력으로 그 자리를 차지한 게 아니라 박기훈을 속여서 좋은 이미지를 가지고 있는 것처럼 행동하면서 성장한 거니까.

"이제 갑과 을이 바뀔 수밖에 없는 상황이죠."

"갑과 을이 바뀔 수밖에 없는 상황?"

"네. 최재만은 약점을 잡아서 국회의원들을 쥐고 흔들어 왔습니다. 하지만 이제는 반대로 약점이 잡혀 있죠."

노형진은 어깨를 으쓱하며 말했다.

"그동안 최재만은 자유신민당과 손잡고 자신을 위협한 대선 후보들을 하나둘씩 모조리 쳐 냈습니다."

방법은 언제나 같았다.

검찰이 기소하고, 자유신민당이 헛소문과 가짜 죄를 유포하고, 언론에서는 그걸 가지고 물어뜯고, 최재만과 민주수호당은 방치한다.

송정한 역시 그 피해자 중 한 명.

"그렇군. 이제는 역으로 당하는 상황이군."

모두가 최재만을 물어뜯기 위해 덤벼들었다. 그렇다면 최재만은 어떻게 행동할까?

안 봐도 뻔하다. 분명 자신을 지키기 위해 몸부림칠 거다.

하지만 과연 기존의 국회의원들과 민주수호당이 그를 지키려고 할까?

"결국 자업자득이죠."

⚖️

"주 의원, 한 번만 부탁이야. 비상위원회를 열어 주게."

최재만은 자신을 지키기 위해 다급하게 몸부림을 쳤다.

당연하게도 그 방법은 민주수호당을 이용하는 것이었다.

하지만 그가 어떤 짓을 해 왔는지 봐 온 민주수호당의 국회의원들은 불만을 품을 수밖에 없었다.

"최 대표님, 이 상황에서 비상위원회를 열어서 뭘 어쩌란 말입니까?"

"이건 부당한 정치 공세야! 자네도 알지 않나!"

"부당한 정치 공세요? 이걸 보고도 그런 이야기가 나옵니까?"

턱 하고 오늘자 신문을 던지는 주 의원.

그러자 최재만의 시야에 들어오는 헤드라인.

최재만 민주수호당 대표, 성추행 혐의

그가 자신의 아래에서 일하던 사람을 성추행했다는 뉴스였다.

그걸 본 최재만은 머리가 복잡해졌다.

억울해서?

아니다. 고발할 만한 사람이 너무 많은 나머지 짐작이 가지 않아서였다.

"이런 상황에서 저희보고 지금 대표님을 보호하라 이겁니까?"

"이번 상황만 벗어나면 내가 어떻게든 보답하겠네."

"대표님, 헛소리 좀 그만하시죠."

이 상황에서 민주수호당이 최재만을 보호하려 들면 심각한 항의에 부딪칠 수밖에 없다.

일단 나라의 절반은 적으로 돌리는 셈이 된다.

성추행하는 당 대표라니, 그런 끔찍한 존재를 국민들이 뭐라고 하겠는가?

"더군다나 대표님께서 언제나 하시던 말씀이 있죠."

법은 공정해야 하기 때문에 같은 당의 국회의원이라고 해도 보호하지 않는다.

그게 그가 자신을 합리화하면서 한 말이었다.

그 때문에 주요 국회의원들이 말도 안 되는 고통을 받다가 질질 끌려 나가는데도 민주수호당은 구경만 해야 했다.

이유는 언제나 똑같았다. 법적인 존중을 위해서.

"그런데 이제 와서 저희가 리스크를 지고 방어하라는 게 말이나 됩니까?"

말도 안 된다. 그럴 수는 없다.

그렇잖아도 민주수호당의 지지율은 대폭락하고 있는 상황이다.

바로 얼마 전에 다수당이 되었다고 샴페인을 터트렸건만, 지금은 그 당시 지지율의 절반도 안 나오는 상태.

"그건 내 잘못이 아니야! 감히 나한테 반기를 든……!"

말을 하던 최재만은 아차 싶어서 입을 가렸다.

하지만 이미 주 의원은 다 들은 상황이었다.

"그래요. 그거 때문에 문제가 된 거죠."

'감히' 내 말을 듣지 않았다.

'감히' 나의 대권 행보를 방해했다.

'감히'.

그 말이 최재만의 본심이었다.

그가 자신은 이미 대통령이 되었다고 착각하고 있다는 뜻이었다.

"저는 감히 최 대표님과 같이 갈 수 없을 것 같네요."

정치인들은 이런 인간의 성향을 누구보다 잘 안다.

동족 혐오라고 하지 않던가?

너무나도 잘 알기에 같이 갈 수 없다.

용도가 다하면 상대방을 폐기하는 인간이니까.

그나마 그냥 조용히 은퇴라도 시키면 다행.

이런 놈은 나중에 자신을 칠 걸 두려워해서 뒤통수에 칼을 박는 인간이다.

"너 이 새끼! 내가 혼자서 죽을 것 같아! 너도 같이 죽는 거야! 알아?"

이미 눈깔이 돌아간 최재만은 주 의원의 말에 언성을 높였다.

당연하게도 그가 그리 나올 것 또한 주 의원은 알고 있었다.

"그러니까 새로운 둥지를 찾아야지요."

"새로운 둥지?"

"여기서 우리를 지켜 주지 않는다면 지켜 줄 곳을 찾아가야지요."

정치를 하다 보면 더러운 일에 몸담을 수밖에 없다.

그 잘난 미국도 매년 수백억을 뇌물로 받는 게 정치다. 심지어 미국에서는 그게 합법이다.

그런데 최재만은 그걸 미끼 삼아 꼼짝도 하지 못하게 했다.

－진보는 분열로 망하고 보수는 부패로 망한다.

그게 정치권의 진리다.

그리고 실제로 그 때문에 언제나 패배하는 것은 진보였다.

왜냐, 보수는 부패해서 돈을 쥐고 권력을 나누지만, 진보
는 서로 물어뜯느라 바빠 서로를 지켜 주지 않아 결국 사상
누각이 되기 때문이다.

"절이 싫으면 중이 떠나야지, 별수 있습니까?"

그 말에 최재만은 할 말을 잃었다.

⚖️

일부 젊은 국회의원들은 친송정한계로 분류되는 사람들을
중심으로 뭉치기 시작했다.

그들은 나이가 많은 국회의원들의 기반이 되는 걸 원치 않
았다. 심지어 이번에 자기들이 저지른 범죄를 감추기 위해
전면에 나서라는 부당한 요구까지 당했기 때문이다.

젊은 국회의원들에게 이는 정치적 생명을 끊으라는 소리
나 마찬가지였다.

그러나 정작 최재만 계열의 국회의원들은 조용히 입을 다물고 뒤에서 가만히 있을 뿐이었다.

즉, 젊고 힘없는 국회의원들을 총알받이로 쓰는 게 최재만의 방식이었던 것이다.

그런데 젊은 국회의원들은 그걸 당당하게 거부했다.

정확히는, 그렇게 하도록 노형진이 유도했다.

-민주수호당은 최재만의 사당이 되었습니다. 그들은 최재만에 대한 충성을 요구하고 그의 죄를 덮을 것을 요구하고 있습니다. 더 이상 우리가 아는 민주수호당은 없습니다. 그동안 민주수호당은 오로지 단 하나, 정의와 민주주의를 위해 피를 흘려 왔습니다. 그러나 이제는 아닙니다. 우리는 민주수호당의 정체성에 의문을 품지 않을 수 없습니다. 이에 저희는 송정한 의원에게 요구합니다. 새로운 당을 창당해 주십시오. 진정한 민주주의의 대의를 이어 갈 수 있는 새로운 당이 필요합니다.

현직 국회의원들의 발표는 한순간에 분위기를 바꿔 버렸다.

혹시나 하고 민주수호당에 작은 기대를 하고 있던 사람들마저 한순간에 돌아선 것이다.

"당연한 거죠. 국회의원들이 잊고 있는 게 있는데, 민주주의라는 건 당 이름이 아닙니다."

민주수호당이라는 당명의 의미. 그건 민주주의를 수호한

다는 의미다. 그리고 진보 계열은 그런 사상에 동조해서 따라오는 것뿐이다.

"하지만 사당화되었다면 그건 민주주의랑 상관없죠. 도리어 지금 이 순간 민주주의가 가장 정상적으로 작동하는 건 어디겠습니까?"

"나라는 존재를 따르는 집단이다 이거군."

송정한에게 권력을 위임하겠다는 집단이 무려 세 곳이다.

전 민주수호당 소속 국회의원들, 현 당직자들, 그리고 현 국회의원 중 일부.

민주주의의 핵심은 자발적인 권력의 나눔에 있다.

모든 권력은 국민에게서 나온다. 이게 핵심이다.

그리고 세 집단은 송정한에게 권력을 자발적으로 넘겼다.

"현대판 삼고초려죠."

과연 한국의 역사에서 이런 일이 있었을까?

없었다. 당연하게도 모든 국민들은 이런 사태에 열광하고 있는 상황.

"그리고 이제 받아들일 시점인 거죠."

"신당 창당을 하라 이건가?"

"네, 맞습니다. 지금이 바로 그 시기입니다."

노형진의 말에 송정한은 굳은 얼굴로 고개를 끄덕거렸다.

"신당, 창당하지."

얼마 후 송정한은 신당의 창당을 발표했다.

"친애하는 국민 여러분, 저는 오늘 비참한 기분으로 이 자리에 섰습니다. 저는 민주주의를 수호하고 국민들을 지키고자 국회의원으로 시작했습니다. 그리고 민주수호당은 그런 저를 받아 줬습니다. 하지만 지금의 민주수호당은 제가 처음 몸담았던 그런 곳이 아닙니다."

송정한의 말에 모여든 사람들은 다들 고개를 끄덕거렸다.

여기에는 기자들만 있는 게 아니었다. 기자들 외에 송정한에게 신당의 창당을 요구한 집단들에 소속된 사람들도 있었다.

물론 이들은 대안이 없었다면 조용히 입을 다물었을 거다.

하지만 이제는 대안이 존재했고, 그런 상황에서 굳이 최재만에게 계속 충성을 다할 이유는 없었다.

"이제 저는 새로운 시작을 하고자 합니다. 대한민국의 새로운 피로서 대한민국의 정치를 깨끗하게 하겠습니다. 대한민국의 새로운 정당, 우리국민당을 창당하겠습니다."

그 말과 동시에 카메라에서는 빛이 터지고, 사람들에게서는 박수가 쏟아져 나왔다.

수십 년 동안 양당제로 굴러가던 대한민국의 정치에 지각변동이 시작되는 순간이었다.

일단은 아구창부터

우리국민당.

국민 하나만을 바라보고 가겠다는 뜻에서 시작된 신당.

사람들은 우리국민당이 그다지 힘이 없을 거라 생각했다.

원래 신당이란 힘도 없고 돈도 없는 그런 정당이니까.

하지만 우리국민당은 달랐다.

일단 당 대표인 송정한이 엄청난 부자인 상황이다.

그리고 그 뒤에는 마이스터라는 든든한 배경이 있었다.

창당에는 많은 돈이 든다. 하지만 마이스터에는 하루 벌이도 안 되는 돈일 뿐이었다.

물론 해외 기업이 한국의 정당에 투자하는 건 구조적으로는 안 된다.

하지만 노형진이나 송정한이나 결국 변호사이니, 법을 이용해 슬쩍 우회해서 투자하는 건 어려운 일이 아니었다.

당장 일본도 중국도, 한국 정치인들에게 돈 뿌리는 게 딱히 비밀도 아닌데 미국에서 한국 정치에 개입하지 못할 리가 없지 않은가?

그러니 빵빵한 지원을 등에 업고 신당을 창당한 이상 제대로 일해야 한다. 그런데…….

"자네, 지금 뭐라고 했나?"

"보복부터 해야 한다고 했습니다."

"아니 아니, 잠깐만. 나는 이해가 안 가는데? 새로운 당을 만들고 처음으로 하는 행동이 얼마나 중요한지 몰라서 그러나?"

"새로운 당뿐만 아니라 어디에서든 첫 번째 행동은 아주 중요하죠."

그 행동은 장기적으로 한 조직의 성향을 보여 주는 것이다.

당연하게도 그 첫 번째 행동을 정할 때는 아주 신중해야 한다.

그런데 지금 노형진은 송정한에게 그 첫 번째 행동으로 보복을 하라고 이야기하고 있는 것이었다.

"구영단을 조져 놔야 합니다."

"신당을 창당하자마자 보복을 하다니, 말이 된다고 생각하나?"

"말이 된다고 생각합니다. 아니, 이거 아니면 안 됩니다."

"뭐?"

"민주수호당에서 이탈한 사람들의 공통점이 뭔지 아십니까?"

"끄응…… 알지."

"알면서 왜 그러십니까?"

진보 계열 사람들이 최재만의 민주수호당에 실망한 가장 큰 이유는 칼을 휘둘러야 하는 시점에 칼을 휘두르지 못한 것이었다.

실제로 최재만은 협치를 주장하면서 자유신민당과 손잡는 데 혈안이 되어 있었다.

"사람들이 민주수호당을 다수당으로 만들어 준 건 개혁을 원해서입니다. 하지만 그들은 그걸 무시했죠."

"그렇지."

"그리고 실제로 민주수호당에 남은 대부분의 국회의원들은 소위 말하는 구태 정치인입니다."

이권을 위해 일단 잡은 권력은 놓지 않으려고 하는 그런 사람들.

그들은 이쪽으로 오지도 못하고 거기서 전전긍긍하고 있는 상황이었다.

거의 절반의 국회의원들이 신당인 우리국민당으로 넘어왔지만, 그들은 민주수호당이 가지고 있던 권력과 이권을 포기할 수가 없었던 거다.

"그리고 송 의원님도 아실 겁니다. 우리국민당은 생각보다 크게 시작했습니다."

이는 생각보다 정치판에 큰 지각변동을 가지고 왔다.

다수당이었던 민주수호당이 쪼개지면서 자유신민당이 다시 다수당이 되었으니까.

물론 민주수호당과 우리국민당은 그 근본이 같다 보니 표결에서 같이할 가능성이 높기에 큰 의미가 있는 건 아니지만 말이다.

어찌 되었건 자유신민당은 권력을 재창출하는 데 성공했고 그걸 유지하고 싶어서 혈안이 되어 있었다.

그리고 그 상황에서 가장 유력한 대선 후보였던 최재만은 나락으로 가고 있었다.

최재만은 자신의 억울함을 어필하기 위해 정치적 모략이라고 주장하면서 게거품을 물었지만, 과거 비서관이었던 사람이 얼굴을 드러내면서 상황은 완전히 달라졌다.

심지어 그는 그 당시 최재만이 했던 모든 말들, 뇌물이나 범죄에 대해 나눈 대화 그리고 국민에 대한 무시와 자신을 적대시하는 현 국회의원들에 대한 제거 방법까지 다 가지고 있다가 터트렸기에 사실상 이제는 최재만의 사당이 되어서 그를 보호하는 민주수호당을 빼고는 모두가 그에게 손절을 한 것이나 마찬가지인 상황이었다.

"현재 진보 계열의 대통령 후보는 씨가 말랐습니다. 단 한 명, 송 의원님만 빼면 말이지요."

"끄응…… 그렇지."

한때 진보 계열은 인재가 넘쳐 났다.

하지만 최재만이 모조리 말려 죽여서, 이제 남은 건 오로지 단 한 명, 송정한뿐이었다.

최재만이 그렇게 송정한에게 치를 떤 이유가 바로 그거다.

송정한만 없으면 자기가 대통령이 될 것 같았으니까.

"이를 다시 말하면, 송 의원님만 제거하면 자유신민당이 다시 권력을 잡는다는 거죠."

다수당이 되었고, 이제 남은 건 대선뿐.

"끄응."

"그런 상황에서 저쪽에서 어떻게 할 것 같습니까?"

자유신민당에서는 이미 송정한이 저항하지 못하는 방법을 알고 있다.

바로 인터넷을 통한 무차별적인 증오의 유포.

"그걸 그냥 두실 겁니까?"

"그럴 수는 없지."

"협치 좋지요. 하지만 저쪽은 협치 할 생각이 없습니다. 수많은 게임 이론에서 증명했죠."

정상적이고 안정적인 관계를 유지하기 위해 필요한 것은 보복할 수 있는 힘이라고.

어떤 게임 이론에서도 보복이 없으면 무조건 패배한다.

"그런데 지금까지 민주수호당은 사실 보복한 적이 없죠."

"터부시하기는 했지."

"아니요. 말은 똑바로 해야지요. 보복을 터부시한 게 아니라 결국 한통속이었습니다."

입으로는 평등과 발전을 이야기하지만 정작 그들은 당 내부에서 자유신민당과 이익을 공유할 뿐이었다.

그러다 보니 입으로만 떠들 뿐, 개혁의 기회가 와도 슬슬 도망가면서 개혁을 미뤘다.

민주수호당이 권력을 잡은 건 이번이 처음은 아니다. 하지만 매번 이런 식으로 패배해 왔다.

"이번에도 마찬가지일 겁니다."

"하지만 신당 아닌가?"

"맞습니다. 신당이죠. 그래서 그러는 겁니다. 신당이 큰 힘을 가지고 시작하기는 했지만 동시에 과거의 정치인들을 데려온 것 또한 사실입니다. 그러면 그들이 바뀔까요?"

"그건……."

바뀔 리가 없다.

지금 송정한에게 지지 선언을 한 전현직 국회의원들은 대부분 권력을 바라는 거지 개혁을 바라는 게 아니다.

"실제로 신당은 여러 번 만들어졌습니다."

하지만 그때마다 기존 국회의원들이 지지 세력을 기반으

로 당 대표를 협박해 왔다. 기득권을 보장하라고 말이다.

그러다 보니 당 대표 입장에서는, 개혁을 위해 신당을 만들었지만 그 과정에서 국회의원들의 지지가 필요하기에 결국 개혁이 불가능해지는 아이러니한 상황이 반복해서 벌어져 왔다.

"다음 대선에서 대대적으로 사람들을 바꾸는 게 목적이기는 하지만 일단 현 상황에서는 어설프게 당 내부에서 반기를 들지 못하게 해야 합니다."

실제로 개혁 성향으로 신당을 창당했던 국회의원이 나중에 도리어 당을 빼앗기고 퇴출된 뒤 다시 한번 합당하면서 도로 똑같은 꼴이 되는 경우는 아주 흔했으니까.

"문제는 이쪽에서 하지 말라고 한들 들어 처먹을 자들이 아니라는 거죠."

개혁할 거라고 말해 봐야 저들의 대가리에 들어 있는 건 오직 권력뿐이다.

지금이야 창당 초기인 만큼 조용히 있겠지만 조금만 시간이 지나면 슬슬 송정한의 힘을 빼면서 자신들의 기득권을 유지하는 방향으로 법을 바꾸려고 할 게 뻔하다.

"그러니까 그걸 막아야 합니다."

"하지만 무슨 수로?"

"그게 바로 선빵입니다."

"선빵?"

"이번에 송 의원님에게 넘어온 사람들이 많았지요. 왜 그런 것 같습니까?"

"글쎄."

"대안이 있기 때문입니다."

최재만은 대안이 없을 거라 생각해서 전횡을 일삼았지만 송정한이 있었고, 그 때문에 다들 이쪽으로 넘어온 거다.

"그러니까 우리가 저들의 대안을 말려 버려야 합니다."

"그 방법이 보복인가?"

"맞습니다."

우리를 민주수호당이랑 같이 보지 마라. 우리를 건드리면 둘 중 하나는 죽는 거다.

그걸 대가리 속에 박아 놔야, 당권을 뒤집어서 다시 기득권을 유지하겠다는 헛된 생각을 하지 못하게 막을 수 있다.

"협치라는 것도 그때 나오는 겁니다."

진짜 서로 싸우다 싸우다 누군가의 입에서 "그만해. 이러다 다 죽어."라는 소리가 튀어나와야 다들 죽기 싫어서 협치를 하기 마련이다.

"끄응…… 하지만…… 당의 이미지가…….."

"당의 이미지가 왜요?"

"아니, 너무 공격적이지 않나?"

"그게 나쁜 건 아닙니다. 사실 그게 부족해서 이 사달이 난 거니까요."

"그건 그렇지."

송정한은 인정할 수밖에 없었다.

"하지만 내가 왜 못 건드렸는지 알지 않나?"

"알죠. 언론에서 물어뜯을 테니까요."

분명 국민의 입에 재갈을 물리는 거라고 주장하면서 헛소리할 거다.

"그런데 말입니다, 애초에 그들이 송 의원님 편을 들어 줄 것 같습니까?"

아마 송정한이 남북통일을 이룩해 내도 빨갱이에게 이권을 내줬다면서 게거품을 물 것이다.

"같이 갈 사람과 같이 가지 못할 사람은 구분해야 합니다. 한국 기업들이 가장 많이 하는 실수죠. 아니, 한국 사람들이 많이 하는 실수죠."

어차피 잡은 물고기이니 아무것도 주지 않아도 된다고 생각한다. 그래서 새롭게 들어오는 사람에게만 온갖 혜택을 다 몰아준다.

당장 핸드폰 회사도, 인터넷 회사도 그런다.

당연히 정당도 그런다.

그러다 보니 진짜 자기들을 지지하는 사람들은 도와주지 않고 어설프게 반대파 사람들을 위해 일하면서 그들을 끌어오려고 하다가 결국은 자기네 사람들마저도 잃어버리는 거다.

"그러니까 우리는 확실하게 우리가 데려갈 수 있는 사람만 데려갑니다. '일단은' 말이지요."

"그래, '일단은' 말이지."

아직 진보 계열의 통합도 이루어지지 않은 상황에서 어설프게 보수 쪽 지지까지 받으려고 한다면 결국 버려지는 건 이쪽이다.

"그리고 이 첫 번째 이미지가 우리는 보복한다 이건가?"

"정확하게는, 이제는 맞으면서 살지는 않는다는 거죠."

최재만이 사법 정의 운운하면서 방치하여 두들겨 맞게 하는 꼴을 보면서 이쪽 지지자들은 속에서 열불이 터지던 상황.

"그리고 그렇게 함으로써 구세력과의 선을 확실하게 그어 두는 거죠."

그러면 이쪽으로 넘어온 사람들은 돌아가고 싶다고 해도 돌아갈 수 없게 된다.

"자네 말도 일리가 있군."

창당까지 해 놓고 과거의 정치 감각대로 뭔가를 하려고 한다면 신당을 창당한 의미가 없다.

"물론 그것만으로 보복하자는 건 아닙니다."

"그러면?"

"우리국민당은 아무래도 민주수호당보다 지명도에서 밀리죠."

거의 절반에 가까운 사람들이 이쪽으로 넘어왔다고 해도 우리국민당은 고작 제3당이다.

"다음 선거에서 우리가 승리하기 위해서는 우리가 자유신민당의 라이벌이라는 걸 확실하게 어필해야 합니다."

그래야 진보 계열의 사람들이 이쪽으로 온다.

"어설프게 이 상황을 유지하면 나중에 표가 갈립니다."

그리고 이 상황에서는 민주수호당도, 우리국민당도 패배할 수밖에 없는 구조다.

"영광당이 왜 선거에서 민주수호당에 온갖 지랄을 했는지 아시죠?"

"알지."

존재감을 어필하기 위해서다.

웃긴 게, 영광당은 명백하게 진보 정당이다. 심지어 민주수호당보다 극좌에 속한다.

그런데 그들이 하는 짓거리를 보면 민주수호당이 제시한 모든 정책에 반대했다.

설사 그게 진보에 사상적으로 맞는다고 해도 말이다.

예를 들어 지금은 코델09바이러스로 고생하는 국민들에게 지원금을 주는 정책에 대해 논의하고 있는데, 민주수호당은 한 사람당 10만 원 정도로 이야기하고 있는 데 비해 영광당은 한 사람당 300만 원을 주장하고 있다.

상식적으로 한 사람당 300만 원이나 되는 돈을 줄 정도로 국고가 넘치지 않는다. 그럴 돈이 있으면 방역에 투자하는 게 우선이다.

그런데 영광당은 오로지 민주수호당과 서로 적대함으로써 존재감을 어필하기 위해 말도 안 되는 주장을 하고 있는 거다.

정작 그 돈을 어디서 어떻게 구할지에 대해서는 전혀 말도 하지 않으면서 말이다.

"그러니까 우리가 자유신민당과 이를 드러내고 싸울수록 우리의 존재감이 드러난다 이거군."

"맞습니다. 이제 민주수호당은 그러지 못하거든요."

최재만이 날아갔고, 실제로 남아 있는 대부분의 정치인들은 기득권을 지키고자 은근슬쩍 자유신민당에 심적으로 동조하는 놈들뿐이다.

이제 절대로 민주수호당은 자유신민당에 이빨을 드러내지 않을 것이다.

"흠…… 그래서 그 첫 번째 타깃이 구영단인가?"

"네. 구영단은 자유신민당의 비공식적인 입이죠."

말로는 자유의지로 하고 있다지만 애초에 전직 국회의원이라는 사람이 인터넷에서 떠드는데 아무런 정치적 이유도 없을까?

물론 그럴 수도 있다. 하지만 집요하게 송정만 노리는 건 결코 숨겨진 목적이 없다고 볼 수 없다.

"그러니까 이참에 제대로 처벌해야지요."

"흠…… 하지만 솔직히 그렇게 될까? 애초에 구영단이 소송당한 게 한두 번도 아니고."

구영단이 송정한을 집요하게 노리고 있기는 하지만 그렇다고 송정한만을 노리진 않았다.

　정확하게는 진보 계열의 주요 인사들을 하나씩 노리곤 했는데 이번 순번이 송정한이었을 뿐이다.

　"그 사람들이 다 명예훼손으로 고소했지만 답이 없었지."

　"그럴 만합니다."

　일단 명예훼손으로 고소를 넣었지만 자유신민당의 국회의원들이 가만히 있을 리가 없었고, 실제로 처벌은 말 그대로 솜방망이 처벌이었다.

　그마저도 구영단은 처벌이 강하다고 항소했는데, 이제 그게 결판이 나기 위해서는 최소한 5년은 걸릴 거다.

　분명 대법원까지 가면서 시간만 질질 끌 테니까.

　"그리고 그때쯤이면 정권이 바뀌어서 무죄가 나올 가능성이 크다고 생각하겠지."

　설사 정권이 바뀌지 않는다 해도 자유신민당이 사라지는 건 아니기에 기껏해야 벌금 몇백 내고 끝일 거다.

　"그 구국영령? 그 채널 일주일 수입이 17억 원인가 그렇다던데, 그 벌금 몇 푼이 눈에 들어오겠나?"

　"안 들어오죠."

　벌금 몇백, 까짓것 그냥 내면 그만이다.

　"민사소송도 그다지 소용이 없고."

　구영단에게 물어뜯기던 정치인 한 명이 민사소송을 걸었

지만 배상금은 2천만 원 정도 나왔다.

"돈이 있는 사람한테 그게 무슨 의미가 있을까요?"

매주 17억의 수익이 창출되는 구국영령 채널이지만 방송은 고작 일주일에 세 번 할 뿐이다.

즉, 하루 수익이 평균 5~6억이라는 거다.

거기다 평균 방송 시간이 세 시간 정도이니 한 시간에 거의 2억씩 버는 셈인데, 그런 상황에서 배상금 2천만 원이 과연 구영단에게 어떤 의미가 있겠는가?

"이건 자네라고 해도 답이 없을 것 같은데."

노형진은 그 말에 고개를 흔들었다.

"이건 공격 순서가 잘못된 겁니다."

"공격 순서가 잘못되었다고?"

"네. 이는 명백하게 증오 콘텐츠입니다. 그리고 그걸 방치하고 있는 건 유튭이죠."

노형진의 말에 송정한이 움찔했다.

"설마……?"

"소송 대상은 유튭입니다."

미국에 있는 드림 로펌.

노형진이 키운, 미국의 가장 강대한 로펌 중 하나다.

하지만 아무리 드림 로펌이라고 해도 거대 공룡들을 대상으로 한 소송은 절대 쉽지 않았기에 현재 드림 로펌을 이끌고 있는 하이드 맥핀은 다시 한번 확인하듯 물어볼 수밖에 없었다.

"유튭을 상대로 소송하시겠다는 뜻입니까?"

ㅡ네, 맞습니다.

"어, 음…… 쉽지 않을 텐데요?"

ㅡ처음도 아닌데요, 뭘.

"아, 그랬죠."

과거에 명예훼손과 관련해서 노형진은 유튭을 한번 고소한 적이 있었다.

유튭의 한 채널에서 명예훼손과 관련된 사건이 벌어졌는데 유튭에서 정보를 주지 않자, 서버를 압류하는 극단적 방법을 통해 강제로 합의에 이르게 했던 것이다.

그 후에는 유튭에서도 어느 정도 융통성을 두고 정보를 제공하기 시작했다.

전에는 아예 안 줬다면, 기준을 정해 두고 허위 사실 유포 같은 경우는 정보를 주는 정도였다.

"하지만 지금은 글쎄요, 쉽게 물러날까요? 아시겠지만 지금 유튭의 힘은 어마어마합니다."

ㅡ알고 있습니다.

코넬09바이러스가 터진 후에 유튭 같은 사이트의 사용률은 미친 듯이 폭주하고 있고 당연히 수익도 늘어나고 있다.

돈을 많이 번다는 것은 결과적으로 파워가 세진다는 의미다.

"그런데 지금 소송하시려고요?"

—일단 그 힘은 제 힘이기도 하니까요.

"네?"

—제가 대주주 아닙니까?

"아! 그랬습니까?"

—네.

노형진은 코델09바이러스가 오리라는 걸 알고 있었다. 그래서 돈이 되는 곳에 이미 투자해 놨는데, 그중 하나가 바로 유튭이었다.

애초에 노형진은 유튭의 초창기 투자자 중 한 명이다. 그의 힘은 유튭에서도 절대 무시 못 할 정도다.

"음, 그러면 다행이기는 한데, 그래도 이 소송은 못 이깁니다. 미스터 노는 잘 모르시겠지만 미국에서 개인의 표현의 자유는 절대적으로 보호받습니다."

실제로 미국은 표현의자유가 헌법으로 보장된다.

어느 정도냐면, 자기 차에다가 '퍼킹 니그로'라고 써 두고 다녀도 그건 합법이다.

물론 그 과정에서 흑인 갱단의 총에 맞아 뒈질 가능성은 감수해야 하지만.

"말씀하신 대로라면 그 구영단이라는 사람이 정치적인 의견을 말하는 것 같은데, 그런 경우에는 수정 헌법에 의해 보호받습니다."

물론 피해에 따라서 민사소송을 청구할 수는 있다.

"하지만 피해자도 한국인이고 가해자도 한국인이라면, 이건 명백하게 한국 법원 소관입니다."

물론 한국에서 서비스하는 미국 기업이니 사건 발생지 문제가 있기는 하지만, 피해자와 가해자 모두 한국에서 널리 알려진 사람인 만큼 미국 법원에서 재판 자체를 아예 받아주지 않을 가능성이 크다.

－그 역시도 알고 있습니다. 그래서 제가 유튭을 상대로 소송하려는 거고요.

실제로 약정에 유튭과 재판하려면 미국 법원으로 오라고 적혀 있으니까.

－개인이 개인의 성향을 드러내는 건 합법입니다. 그건 인정하죠. 하지만 그걸 이용해서 장사하는 건, 글쎄요. 사회적으로 문제가 있지요. 증오는 추천할 만한 게 아니지 않습니까? 하지만 유튭의 알고리즘은 그걸 추천하도록 되어 있지요.

"미스터 노가 말하는 게 뭔지는 알 것 같습니다만, 애석하게도 그걸 소송하거나 자른다고 해도 결국 바뀌는 건 없을 겁니다."

－무슨 말씀이지요?

"인터넷 기업들이 증오를 이용해서 장사한 게 한두 해 일이 아닙니다. 그게 문제 되지 않았겠습니까?"

실제로 그걸 문제 삼은 건 노형진만이 아니다.

수많은 현대 사회학자, 심리학자, 심지어 정치인까지 인터넷 기업들의 대표를 불러서 문제 삼을 정도로 난리가 났었다.

그러나 해당 기업의 대표들은 좀 독하게 말해서 정치인들에게 퍽큐를 날리는 것으로 대응했다.

실제로 국회의원들이 청문회를 열었지만 애초에 청문회라는 것은 법적으로 어떤 효력을 가진 것도, 문제 삼은 걸 기업이 즉각 고쳐야 할 정도의 강제력을 가진 것도 아니었다.

청문회는 말 그대로 정치인들이 문제를 제기하는 수준의 행사.

그렇기에 그걸 받아 든 상대방이 '엿 먹어'를 시전하면 아무런 의미가 없다.

당장 한국만 해도 그렇다.

청문회에서 매번 장관 후보자들을 두들겨 패지만 결국 될 놈은 되는 게 현실이다.

왜냐하면 청문회에서 문제를 제기해 봐야 장관을 고르는 건 대통령이지 국회의원이 아니기 때문이다.

—알고 있습니다. 한국의 대형 IT 기업인들 중에서 청문회에 서 보지 않은 사람이 없을 겁니다.

"그러면 아시겠군요. 이걸 문제 삼아 소송해 봐야 결국은 의미가 없습니다."

알고리즘을 어떻게 짜든 그건 기업의 책임이고, 그 안에서 뭔 헛소리를 하든 그건 개인의 책임이다.

그걸 방치했다는 이유로 책임을 묻기에는, 법적으로 기업의 책임을 묻는 구조가 너무나도 약하다.

─아, 오해하셨군요. 저는 유툽에 혐오 콘텐츠에 대한 책임을 물려는 게 아닙니다.

"네?"

─말씀하신 것처럼 그걸 물어 봐야 법적으로 책임을 묻지 못하는 건 사실이니까요.

"그러면 어떤 걸 물려고 하시는 겁니까?"

─제가 하려는 소송은 현 유툽의 사장인 칼 루이먼 해직 소송입니다.

그 말에 하이드 맥핀은 깜짝 놀랐다.

"그게 무슨 말씀이십니까? 칼 루이먼에 대한 소송이라고요?"

─네, 그렇습니다.

"하지만 그는 흑자를 내고 있는데요?"

─그가 잘해서 낸 흑자는 아니죠.

사실 유툽은 지난 몇 년간 병신 삽질을 계속하고 있는 상황이다.

사람들은 유툽에서 막대한 수익을 내고 있다고 생각하지만 그 안에는 그들이 생각하지 못하는 비밀이 있었다.

유툽의 수익 모델은 점점 더 악화되어 왔다. 그건 유툽의 수익 모델인 광고를 보면 알 수 있다.

유튭은 광고를 보는 조건으로 동영상을 제시한다.

물론 일정 금액을 내면 광고를 빼 주기는 하지만 그러지 않는다면 광고를 봐야 한다.

처음에 유튭에서 보여 준 광고는 그래도 제법 큰 기업의 광고였다. 세계적인 음료 기업 또는 스포츠 브랜드 같은 곳들 말이다.

그런 곳들은 유튭에 광고하기 위해 비싼 광고료를 지급하면서 들어왔었다.

하지만 최근에 보이는 광고는 이상한 중국산 싸구려 게임이나 검증받지 못한 제품들에 대한 것뿐이다.

유튭에 들어가면 황제가 되는 자니 야쿠자니 환상적인 집이니 하는 괴상한 광고만 주야장천 나온다.

심지어 강간물이나 성추행물, 사이비 종교까지 광고하고, 링크를 누르면 사기 사이트로 연결되어서 돈을 빼 가는 사기를 광고한 적도 있다.

-그 이유는 아시죠?

"네, 알죠. 대기업에서 유튭의 광고를 몽땅 빼 버려서 그런 것 아닙니까?"

이유는 간단했다. 유튭에서 벌인 차별적인 정책 때문이다.

사실 유튭의 이런 차별 정책은 아주 심각한 수준이다.

어느 정도냐면, 돈만 내면 살인하는 장면도 광고로 내준다는 소리가 나올 정도니까.

실제로 유튭은 온갖 법적인 문제에는 깐깐한 것을 넘어서서 광적으로 집착하는 것처럼 보이기도 한다.

가령 어떤 사람이 브이로그를 찍다가 지나가던 카페에서 흘러나오는 음악이 들어갔다면 그 음악이 얼마나 찰나의 순간 지나갔는지와는 상관없이 바로 노딱, 즉 수익 창출을 막아 버리고, 음악이 좀 길어진다는 느낌이 들면 아예 영상을 내려 버린다.

음악을 튼 게 아니라 진짜 온갖 잡음에 음악이 섞여 들어갔을 뿐인데 말이다.

그런데 정작 광고는 온갖 불법적인 걸 다 받아 준다.

당연히 남의 음악이나 영상 저작권 같은 건 개나 줘 버렸어도 상관없다.

실제로 중국에서 주는 수많은 광고들을 보면 무단 차용이 얼마나 많은지 말도 못 한다.

"그렇군요. 그게 잘못이기는 하죠."

-네. 저는 그걸 문제 삼을 겁니다.

그렇게 개판이 된 이유는 바로 유튭이 혐오 콘텐츠를 조장했기 때문이다.

실제로 유튭이나 타겟팅 등을 보면 사람들이 알 만한 대기업이나 좀 커다란 기업의 광고는 거의 없다시피 하다.

왜냐하면 그런 기업들은 인터넷에서 벌어지는 증오를 이

용한 수익 방법에 불만을 품고 들고일어났기 때문이다.

처음에는 단순한 항의 정도였지만 IT 기업들은 그걸 고칠 생각이 없었다.

애초에 그게 가장 쉽게 돈을 벌 수 있는 방법이었기에 도리어 알고리즘을 조절해서 좀 더 강한 증오 콘텐츠를 볼 수 있도록 조절해 놨다.

그리고 그 사건으로 인해 대기업들은 하나둘 대형 IT 기업들에 광고를 하지 않기 시작했고, 실제로 유툽이나 타겟팅, 마스크북 같은 곳에서 대기업 광고가 없어졌다.

그리고 그 자리를 채운 건 사기 광고와 중국산 광고였는데, 그 단가는 높을 수밖에 없었기에 당연히 조회 수를 더 뽑아서 광고를 더 채워야 했고, 그렇게 증오 콘텐츠를 다시 추천하는 하나의 거대한 흐름이 완성되었다.

-외부에서야 그걸 컨트롤할 수가 없죠.

"하지만 내부는 가능하다 이거군요."

내부인은 가능하다.

그리고 노형진, 정확하게는 미다스와 마이스터는 유툽의 최대 주주 중 하나다.

물론 유툽이 워낙 크기 때문에 통째로 삼킬 수준은 아니지만, 지분만 놓고 본다면 족히 10위권 안에 드는 규모였다.

그런 정도의 사람이 문제 삼기 시작한다면 과연 유툽이 멀쩡할 수 있을까?

"하지만 그래도 쉽진 않을 텐데요. 일단 유튭의 수익 창출에 다른 사람들이 불만을 품는 상황은 아니니까요."

급성장한 유튭의 상황을 알고 있는 대부분의 투자자들은 불만이 없을 거다.

－아, 걱정하지 마세요. 그 불만을 만들기 위한 소송이니까, 후후후.

노형진은 이참에 유튭을 제대로 흔들어 볼 생각이었다.

⚖️

유튭. 세계 최대 동영상 플랫폼.

코넬09바이러스 이후에 유튭은 미친 듯이 성장했다.

물론 OTT 서비스 역시 성장했지만 유튭 정도는 아니었다.

그래서 매일같이 수익이 늘어나는 실적에 행복한 비명을 지르던 칼 루이먼은 다른 의미에서 비명을 지를 수밖에 없었다.

"뭐라고? 마이스터에서 소송을 한다고?"

"정확하게는 마이스터에서 소송하기 전에 답변해 달라고 요구했습니다."

그 말에 칼 루이먼은 다급하게 질의서를 낚아챘다. 그리고 황급하게 읽기 시작했다.

존경하는 칼 루이먼 이하 유튭 운영진 여러분, 저희 마이스터에서는 귀사의 심각한 헌법 위반 사실을 인식하고 있고……(중략)……
이에 답변하지 않을 경우 소송 및 운영진 교체 소송을 진행할 예정
입니다.

"미친!"

물론 소송으로 운영진을 교체할 수 있을 정도로 유튭쯤 되
는 기업이 만만하진 않다.

애초에 법원에는 사기업인 유튭의 운영진을 마음대로 교
체할 수 있는 권한도 없다.

하지만 다른 곳도 아닌 마이스터쯤 되는 곳에서 상황을 문
제 삼는다면 교체 의견이 나올 수밖에 없다.

더군다나 마이스터는 대주주다.

혼자서도 10대 주주 안에 들어가고, 만일 마이스터에 관리
를 맡기고 있는 다른 주주들의 표까지 합한다면 5대 주주 안
에 충분히 들어갈 정도의 기업.

그러니 그런 곳에서 다른 것도 아닌 헌법 위반을 물고 늘
어진다면 심각한 문제가 된다.

"도대체 뭔……."

칼 루이먼은 다급하게 질문을 읽었다. 그러다 자신도 모르
게 침을 꿀꺽 삼켰다.

사실 질문 내용 자체는 아주 간단했다.

어째서 코델09바이러스에 대한 모든 의견의 표현을 막는

것이냐.

그리고 그와 관련된 이야기가 중국과 연관되어 있으면 수익 차단을 하는 걸 넘어서 아예 영상을 삭제해 버리는 이유가 무엇인가.

마지막으로 그게 미국에서 개인의 표현의자유를 보장하는 수정 헌법을 위반하고 있다는 걸 알고 있느냐는 것이다.

"이거…… 답변 가능해?"

"그게…… 답변하기가 좀…… 곤란합니다. 일단 방법을 찾아봐야 합니다만……."

부하 직원도 곤혹스러움을 감추지 못하고 대답했다.

"이런 젠장!"

칼 루이먼이 이렇게 욕할 수밖에 없는 건 자신들의 행동이 분명 법에, 아니 자신들의 사상에 위반되기 때문이었다.

"아니, 같은 주주라는 새끼들이 그걸 물고 늘어지면 어쩌자는 거야!"

가만히 있으면 돈을 왕창 가져다줄 수 있는데 갑자기 왜 이런 걸 물고 늘어진단 말인가?

"답변하기에는 너무 곤란한 질문입니다."

사실 그럴 수밖에 없었다.

유튭은 중국의 돈을 받고 개인 방송인들의 입을 막는 데 혈안이 되어 있었으니까.

실제로 영상에 코델09바이러스라는 말만 나와도 노딱, 즉 수익 창출이 안 되도록 해 놔서, 많은 개인 방송인들이 코 뭐시기 바이러스 아니면 그 질병이라는 식으로 돌려서 말하고 있는 상황이다.

말로는 방역 이슈를 타서 부당하게 수익을 내는 걸 막기 위해서라고 핑계를 대고 있지만 무슨 소설 속의 '이름을 말할 수 없는 그놈'도 아니고, 이름을 말한다고 해서 방역에 방해되는 것도 아닌데 말이다.

더 웃긴 건 그나마 코델09바이러스라는 이름만 언급한 경우에는 노딱을 붙여서 영상 수익만 막아 버리지만, 그 이름을 말할 수 없는 질병과 중국 키워드가 함께 묶여 버리면 아예 무단으로 영상을 삭제하고 있다는 거다.

그럴 수밖에 없다. 중국이 유튭의 최대 주주이니까.

웃기지만 현실이 그렇다.

중국에서는 유튭이 불법이라 이용할 수 없게 되어 있다. 그런데 동시에 중국은 유튭의 최대 주주이자 유튭을 지배하는 존재다.

"아시겠지만 중국에서 이 문제로 얼마나 우리를 괴롭혔습니까?"

"그렇지."

코델09바이러스는 중국에서 시작되었다. 그걸 부정할 방법은 없었다.

심지어 이건 중국이 만든 생화학 무기인데 사고로 유출되었다는 설도 있었다.

그래서 그런지 중국은 코델바이러스에 아주 예민하게 반응했다.

아니, 예민함을 넘어서 조금이라도 엮이면 거의 지랄 발광을 하는 수준이었다.

유튭을 통해 코델09바이러스가 언급되는 것도 싫어했고, 그걸 자신들과 엮는 건 더더욱 싫어했다.

그래서 코델09바이러스라는 이름 자체를 지우라고 요구했고, 유튭은 어쩔 수 없이 코델09바이러스에 관련된 모든 영상을 검열할 수밖에 없었다.

지금까지 그걸 문제 삼은 사람은 한 명도 없었다. 정말 단한 명도 말이다.

그런데 다른 사람도 아닌 마이스터가 문제 삼아 버렸다.

"이게 뭔……."

최대 주주 중 한 명이 문제 삼는다는 것은 진짜로 심각한 문제다.

"더 큰 문제는 이게 실제로 수정 헌법에 위반된다는 사실입니다."

미국의 헌법은 1787년 제정되었고 일부 개정안이 1789년 발의되어 1791년부터 발효되었는데, 이를 수정 헌법이라고 부른다.

개인의 권리에 관해서는 미흡한 채로 발의된 미국의 헌법은 이후 12개 조를 추가하여 개인의 권리를 보호하려고 했는데, 그중 10개 조가 각 주의 동의를 얻어 발효되었다.

특히 수정된 열 개의 조항을 권리장전이라고 부르면서 가장 중요시하는데, 당연하게도 그 순서만 봐도 그걸 얼마나 중요시하는지 알 수 있다.

그리고 그중에서 가장 중요할 것이 분명한 미국의 수정 헌법 제1조는 언론과 출판 그리고 표현의 자유를 언급하고 있다.

실제로 미국에서 이 수정 헌법 제1조가 얼마나 강력하냐면, 그렇게 기를 쓰고 언론을 통제하려고 하던 과거의 모든 정권들이 힘도 못 쓰고 무너졌을 정도다.

"아시겠지만⋯⋯."

"그래, 알아! 안다고! 씨팔!"

이게 문제가 되는 이유는, 이 수정 헌법 제1조 표현의자유가 유튭이 증오를 알고리즘으로 추천하는 가장 큰 법적인 보호책이자 권리이기 때문이다.

실제로 유튭을 비롯한 수많은 IT 기업들은 재판이나 청문회에 갈 때마다 수정 헌법 제1조를 언급하면서 '국가는 개인의 의견을 통제할 수 없으며, 그래서도 안 된다.'라는 식으로 빠져나갔고, 그게 지금까지 먹혀 왔다.

그런데 정작 '중국'이나 '코델09바이러스'의 경우는 국가기관도 아닌 기업이 무단으로 개인의 의견을 차단하고 있다는 걸 다른 사람도 아닌 내부에서, 그것도 최대 주주가 문제 삼은 것이다.

"이거…… 어떻게 될 거라고 생각해?"

"모르겠습니다. 일단은 만나서 이야기해 봐야 하지 않겠습니까?"

"그건…… 그렇겠지?"

다짜고짜 소송을 건 것도 아니고 일단 질의서를 보냈다는 건 협상의 여지가 있다는 소리다.

"만나 봐야지……. 그래야지."

하지만 왠지 칼 루이먼은 목에 진짜로 사형수용 목끈이 걸리는 듯한 착각이 일었다.

⚖

"처음 뵙습니다. 하이드 맥핀이라고 합니다."

"칼 루이먼입니다."

하이드 맥핀과 칼 루이먼은 비공식 회동을 가졌다.

일단 두 집단이 대대적으로 충돌하기 시작하면 그때는 진짜 미국이 흔들릴 만한 일이기에 최대한 충격을 피하기 위해서였다.

"답변서를 가지고 오신 건가요? 공식 문서인 만큼 우편이나 팩스로 보내셔도 되는데요."

"그건 아닙니다. 다만 이 상황이 이해가 되지 않아서 온 겁니다."

그 말에 하이드 맥퀸은 고개를 갸웃했다.

"뭐가 이해가 가지 않는다는 말씀이신지?"

"마이스터는 저희 유톱의 최대 주주 중 한 곳 아닙니까?"

"맞습니다."

"그런데 왜 굳이 지금 이런 소송을 하시려는 겁니까?"

지금 유톱은 최대 영업이익을 내며 엄청나게 성장하고 있다.

그런 상황에서 그 이익을 보는 주주가 그 성장을 멈출 수있는, 아니 도리어 역으로 꼬라박을 수 있는 소송을 건다는게 이해가 가지 않았던 거다.

"사람마다 추구하는 게 다르니까요."

"무슨 말씀이십니까?"

"유톱은 돈을 추구하겠지만 마이스터는 정의와 올바름을 추구합니다. 돈에 매몰되어서 잘못된 행동으로 온 지구에 피해를 끼치지는 않지요."

확실히 마이스터의 정책을 보면 순간의 이익보다는 공존을 선택하는 성향이 강하다.

"하지만 최대 주주이지 않습니까!"

"그게 뭐가 달라지나요?"

"뭐라고요?"

"주식은 팔면 되는 거고, 필요하면 나중에 또 사면 되는 겁니다. 하지만 정의는 사고팔 수가 없죠."

그 말에 칼 루이먼의 얼굴이 일그러졌다.

그는 안다. 세상은 그렇게 쉽게 정의를 입에 담을 만한 곳이 아니다.

"도대체 뭘 원하는 겁니까? 진짜로 공매도라도 치려는 겁니까?"

"못 할 건 없죠."

"뭐요?"

"유튭이 추락하게 된다면 과연 공매도 수익이 얼마나 나올까요?"

그 말에 칼 루이먼은 숨이 콱 막혔다.

확실히 그랬다.

기업이 성장해서 주식만큼 돈을 돌려주는 거야 당연하지만, 그건 받는 기간도 오래 걸리고 그 비율도 만족스럽지 않다.

기업이 두 배로 성장했다고 해서 배당금을 두 배로 높이는 기업은 없다.

왜냐하면 기업이 두 배로 성장하면 들어가는 돈도 늘고, 기업 입장에서는 여유 자금을 이용해서 새로운 투자를 하려고 하기 때문이다.

하지만 공매도를 친다면?

그만큼이 순수하게 자기네 수익으로 돌아온다.

"어차피 쥐고 있던 주식입니다. 저희가 손해 볼 건 없죠."

왜냐하면 마이스터는 유튭의 주식을 아주 이른 시기에 취득했으니까.

이제 와서 그걸 판다고 해도 생각보다 큰 손해는 아닐 거다.

'도리어……'

방아쇠가 될 가능성이 크다.

마이스터에서 공매도를 선언하면서 문제를 트집 잡고 가지고 있던 주식을 모조리 들이붓는다면?

'최악이다.'

다른 곳도 아닌 마이스터다.

마이스터는 투자회사다. 다른 공매도 전문 금융회사들과는 다르다.

마이스터가 공매도를 거는 경우는 상당히 특수한 상황, 상대방이 폭락할 거라고 확신할 수 있는 때뿐이다.

'젠장.'

그런데 만일 소송에 들어가서 진짜로 유튭이 미국 국민, 아니 전 세계인들의 입에 재갈을 물린 게 인정된다면 어떻게 될까?

아마 미국인들의 특성상 미친 듯이 징벌적 손해배상을 청구할 거다.

설사 아니라고 해도 일반 손해배상으로 줘야 하는 돈만 해도 어마어마할 거다.

다른 곳도 아닌 기업이 국민의 입에 재갈을 물렸으니까.

수정 헌법 1조를 가장 신성시하는 미국에서는 난리가 날 일이다.

"뭐, 지금이라도 그런 수정 헌법 위반 사항을 고치신다면 굳이 저희가 소송하거나 할 이유는 없습니다만."

하이드 맥퍼은 느긋하게 말했다.

하지만 그는 안다.

'그렇게 될 리가 있나?'

이미 유튭이 중국의 지배를 받는 걸 알고 있다.

중국이 가진 유튭의 주식은 절대로 무시할 수 있는 정도가 아니다.

웃기지만, 중국은 유튭을 보지 못하는 곳이지만 동시에 전 세계에서 가장 많은 유튭 구독자가 있는 나라 중 한 곳이다.

중국의 대부분의 사람들은 VPN을 통해 유튭을 보고 있으니까.

그래서 유튭에서 굳이 코델09바이러스가 아니라고 해도 중국에 대해 안 좋은 이야기를 하는 채널이나 영상은 무조건 노딱을 붙여서 수익 창출을 막거나 영상을 강제로 내리게 하는 것이다.

중국을 까는 영상은 그렇게 처절하게 피해를 입는데, 웃기게도 중국을 찬양하는 영상은 매년 어마어마한 수익이 난다.

중국에서 볼 수 없는 영상인데 중국에서 보고 어마어마한 수익을 창출해 주기 때문이다.

그걸 알기에 칼 루이먼은 쉽게 중국을 포기할 수 없었다.

"아, 그런데 말입니다."

당황하는 칼 루이먼을 향해 하이드 맥핀은 싱긋 웃으며 말했다.

"제가 중국 쪽 일을 좀 하면서 느낀 게 있는데, 그 나라는 무슨 일이 벌어지면 무조건 보복부터 하더군요."

"무슨 말을 하고 싶은 겁니까?"

"뭐, 지금 벌어지고 있는 수정 헌법 위반 사항을 고치면 분명 소송은 피할 수 있겠지요. 하지만……."

씩 웃는 하이드 맥핀.

"중국의 보복을 피할 수 있을까요? 중국에서 모든 광고를 뺄 것 같은데."

그 말을 들은 순간 칼 루이먼은 눈앞에서 거대한 악마가 아가리를 들이밀고 있는 것 같다고 느꼈다.

피할 수도, 도망갈 수도 없는 악마가 말이다.

다음 권으로 이어집니다